RETOUR PARMI LES HOMMES

DU MÊME AUTEUR

chez le même éditeur

En l'absence des hommes

Son frère

L'Arrière-saison

Un garçon d'Italie

Les Jours fragiles

Un instant d'abandon

Se résoudre aux adieux

Un homme accidentel

La Trahison de Thomas Spencer

aux Éditions Grasset

L'Enfant d'octobre

PHILIPPE BESSON

RETOUR PARMI LES HOMMES

roman

Julliard
24, avenue Marceau
75008 Paris

ISBN 978-2-260-01857-5

À mes parents

Je ne crois pas que deux personnes auraient pu être plus heureuses que nous l'avons été.

Virginia WOOLF
(Lettre à Leonard, son mari,
quelques heures avant son suicide.)

À propos de mon premier roman, *En l'absence des hommes*

Été 1916. Les échos de la Grande Guerre parviennent amortis dans les faubourgs de la capitale et Vincent de L'Étoile, jeune aristocrate de seize ans, s'ennuie. Dans cette oisiveté insouciante du danger, il fait la connaissance simultanée de deux hommes qui vont bouleverser le cours de son existence : Marcel Proust, l'écrivain considérable, et Arthur Valès, soldat de vingt ans combattant au front et revenu à Paris auprès de sa mère, à la faveur d'une permission. Avec le premier, il ébauche une amitié, jouant l'élève indocile d'un maître empêtré dans les filets de l'âge et de la dissimulation. Avec le second, il découvre la sensualité, les corps qui roulent dans les draps et les matins éclatants et incertains. Au bout d'une semaine, ses deux compagnons sont condamnés à l'éloignement. Vincent entame alors une correspondance amoureuse en même temps qu'un échange marqué par le souci de dire la vérité et d'être en accord avec soi-même. Mais la guerre n'est pas qu'une clameur lointaine : elle fauche Arthur, un jour de septembre, et renvoie Marcel à son impuissance. Vincent, brutalement rendu à la solitude, choisit l'exil vers des terres inconnues.

Ph. B.

Livre Un

« Je parle à des morts... »

J'ai vingt-trois ans. Je suis né avec le siècle.

Je sais que la paix est là, désormais, que depuis ce 11 novembre de 1918, nous en avons fini avec la guerre, avec la mort par millions, l'extermination vertigineuse, que les fusils et les canons se sont tus, que les nappes de poudre brune sont retombées, que des obus se sont assoupis sous la terre suppliciée, mais comment parviendrais-je à ignorer les croix blanches alignées dans les campagnes à perte de vue, les silhouettes sombres dans les cimetières, la marche claudicante de ceux qui ne sont plus tout à fait des hommes et qui ont le regard vide teinté de frayeur et dont on se détourne lorsqu'on les croise, comment ne pas entendre le silence assourdissant qui a succédé à l'affreux vacarme, la plainte étouffée qui a remplacé les cris et les râles, le mutisme prostré de ceux qui se souviennent du malheur, comment ne pas humer l'odeur des cadavres planant au-dessus des champs redevenus féconds, la puanteur du sang infiltrée dans nos vêtements et dont on ne se débarrasse jamais vraiment ? Oui, la paix est là, mais si vulnérable, si hésitante, si modeste.

Elle est ce calme précaire, tremblant, cette peur diffuse, vorace, ces sanglots réprimés, ces profils détournés. Ces cicatrices partout. Paris, où je reviens après sept années d'exil, est-elle autre chose qu'une ville cicatrisée, qui tente d'occulter ses blessures dans la légèreté et la désinvolture ?

Et puis, la paix des vainqueurs a désagrégé les empires, redessiné l'Europe, inventé des nations balbutiantes, fabriqué des frontières comme on trace des pointillés sur un atlas. Elle a humilié les vaincus, amputé l'Allemagne, exigé qu'on paie pour les ruines. Cependant, elle n'a pas réussi à nous faire oublier ce que nous avons appris : les civilisations sont mortelles. De savoir cela fait de nous, à jamais, des êtres épouvantés.

J'ai toujours les yeux verts en amande, des cheveux noirs mais plus courts, plus drus. Toujours une peau de fille, où pousse difficilement une barbe clairsemée. On ne me prend plus pour un enfant. L'enfant est mort, de la mort d'un autre.

J'ai vingt-trois ans, cela pourrait être le début de quelque chose, je pourrais donner un sens à ma vie, une direction, un but, je pourrais vouloir entrer dans la grande photo du monde, prendre ma place dans la société des hommes. Pourtant, je reste seul, un peu à l'écart, un peu au-dehors, je disparais au coin des rues, on perd vite ma trace, vieille habitude de fugueur.

Je n'aime pas ce siècle, si mal commencé, et qui a piétiné mes espérances, qui m'a tellement déçu. Mieux, je le maudis.

Les gens, je veux dire ceux du dehors, répètent à l'envi un nombre, un seul, sans qu'on sache exactement s'il est officiel ou inventé par la rumeur, un nombre terrible, effroyable, dont on ne peut pas prendre la mesure, qui est un défi à l'imagination : dix millions.

Dix millions de morts.

Au début, ils le murmuraient sous le manteau, comme un secret inavouable, comme une maladie honteuse. Et puis, ils se sont mis à le dire plus fort, il est devenu audible ; inintelligible mais audible. À ce moment-là, les gens, ils avaient un air hébété, on n'avait pas l'impression qu'ils éprouvaient de la colère ou du chagrin, non, c'était une hébétude, vraiment, un écho colporté par des fous. Désormais, ils le crient, comme on vomit, comme on expulse. Ou ils le susurrent, comme une lame qui passe et repasse sans cesse sur les plaies.

Ce nombre qui fait chanceler, moi, je l'entends. Je suis capable de le répéter à mon tour, si on me le demande, mais je ne sais pas ce qu'il représente. Pas du tout. La guerre, pour moi, se résume à un seul disparu. Tous les autres s'effacent devant lui, ils se perdent dans les brouillards, ou ne parviennent pas à s'ancrer dans ma mémoire. Pourtant, je me sens une solidarité avec les familles détruites, les mères dépouillées de leurs fils, les enfants orphelins, les veuves si jeunes, je sens que je leur ressemble, que je partage quelque chose avec eux : la perte, l'absence. Mais nos disparus ne sont pas les mêmes. L'absence a ton visage, Arthur. Ton unique visage. Les autres n'existent pas, voilà.

Car, à la fin, on est forcément égoïste dans le deuil, égoïste et seul ; nul n'est en mesure de nous y atteindre. Certains tentent de s'approcher, d'accomplir des pas dans notre direction, ils cherchent des paroles, des gestes, mais ça ne pèse rien, c'est du vent, du sable. On est là dans la solitude absolue, intouchable.

On est aussi dans un désarroi inexprimable, puisque, d'un coup, on a dépassé les limites du vocabulaire, appris l'inanité des mots. Le nombre, au fond, ce serait peut-être une manière de parler, de ne pas être condamné au mutisme, à l'imprécision, à l'infériorité.

Arthur, ce jour de septembre de 1916, lorsque tu as rejoint le nombre, il n'est rien resté de moi qu'une enveloppe charnelle, un corps visible mais retranché des autres corps, séparé de la masse des hommes. Partir, les quitter, ça n'était, finalement, qu'une façon de prendre acte de cette séparation.

Je suis parti avec l'été, exactement. Oui, il y a eu cela, la coïncidence de mon départ et de la fin d'un été. Un moment déchirant, la douceur qui s'évanouit, qu'on ne rattrapera pas.

Je suis parti parce qu'il le fallait, parce que c'était impossible de faire autrement.

N'allez pas croire qu'un tel geste est facile. On est retenu par l'enfance, et la présence des siens (après tout, mes parents étaient encore en vie, et Blanche, la sainte crucifiée, avait peut-être besoin de moi). On aimerait ne pas égarer tout à fait ses attaches, ne pas couper complètement avec ceux dont on partage le sang, l'histoire et les racines. On tremble, on devine qu'il va s'agir d'un arrachement, d'une mutilation. Les médecins expliquent qu'il faut parfois sectionner un membre pour sauver un corps, amputer pour triompher du mal. Le malade doit accepter de renoncer à son intégrité afin de conserver sa vie. Et c'est précisément ce qui s'est produit.

Et puis, il y a la peur. Celle de l'inconnu, du saut dans le vide. On part sans rien connaître de ce qui nous attend, on laisse tout derrière soi sans rien savoir de ce qu'on va trouver devant. On consent au dénuement sans être certain de pouvoir survivre. Soupesez-vous la part de désespoir que cela suppose d'en arriver là ?

Mais l'impérieuse nécessité s'est imposée à moi : il me fallait en finir avec ma fièvre mal éteinte, mes regards torves, mes sommeils endommagés, mes blessures invisibles. Avec mes souvenirs remplis de fureurs, mes exclamations imprévisibles en écho aux hurlements des soldats touchés, mes tics inquiétants, mes soudaines crises de larmes. Il me fallait dételer, sauf à aggraver encore le mal qui me rongeait et dont j'ignorais si, un jour, je pourrais venir à bout.

J'ai voulu t'emporter avec moi, toi, le jeune homme de vingt et un ans, « tombé au champ d'honneur », que j'avais laissé échapper de mes bras pour le laisser marcher sans faiblir au-devant de son destin dans l'Est de la France, où la mort ne faisait pas de jaloux.

Et je t'ai emporté avec moi, contre tous les autres, persuadé que je ne reviendrais pas vivant moi-même de cet extravagant périple.

Pourtant, me voici de retour.

J'ignore absolument d'où me vient cette obstination à demeurer en vie.

Marcel, vous n'êtes plus de ce monde, vous non plus. Vous l'avez quitté en novembre de l'an passé, après une agonie assez courte. Il devait faire froid, de ces froids qui font douter de l'automne, annoncent l'hiver. Vous n'aimiez pas le froid, il était pour vous comme un ennemi sournois, inutile à combattre, vous n'aimiez que la douceur.

J'ai appris la nouvelle de votre disparition avec plusieurs mois de retard. Dans les contrées éloignées où j'avais trouvé refuge, les bruits du dehors parvenaient amortis. Et, de toute façon, je ne prêtais pas l'oreille, j'avais décidé de ne plus entendre le vacarme, de m'en tenir à la surdité choisie.

Autant le confesser : cette nouvelle m'a surpris. Je ne pensais pas qu'on mourait encore à cinquante ans dans cette époque qui donne des années supplémentaires à la vieillesse. Et puis, je croyais que les écrivains étaient immortels, et vous en particulier. À force de lutter contre le temps, de tenter de le retenir, il me semblait que vous finiriez par gagner contre lui. Il faut croire que les combats auxquels on se consacre le plus obstinément sont voués à s'achever piteusement.

À tout le moins, vous auriez pu devenir un admirable vieillard, chevelure blanche, air respectable. On serait venu de loin pour vous consulter, vous écouter. Vous auriez reçu l'après-midi, pendant une ou deux heures, et puis vous auriez congédié votre assemblée, d'un geste las. Il vous serait arrivé, parfois, de demander à un jeune homme bien fait de sa personne de vous tenir compagnie quelques instants de plus. Vous auriez posé votre main sur son bras et le novice n'aurait eu qu'à fermer les yeux. Mais non. Les menus plaisirs du grand âge se seront dérobés à vous. À la fin, rien ne vous aura vraiment été accordé.

Seulement la gloire. Ce qui ne vous aura pas été indifférent, j'en suis certain. On ne peut pas passer à côté de tout. Vous n'aurez pas siégé à l'Académie, pas assez chenu, mais le Goncourt vous aura été dévolu, comme un hochet. Vous en aurez profité trois ans, trois ans pendant lesquels vous aurez été cet écrivain distingué, un astre artificiel et finissant du faubourg. Au fond, la gloire et la mort vous auront rattrapé presque en même temps.

Mon ami, je ne vous savais pas malade. Bien sûr, je connaissais la fragilité de votre santé, cette débilité de tout l'organisme, l'asthme qui dévastait vos poumons, les insomnies qui vous faisaient traverser les nuits l'œil ouvert et le buste penché sur les feuilles à noircir, sur l'œuvre à composer. Je me rappelais vos crises, vos défections, l'obligation où vous vous trouviez parfois de la réclusion. Je n'ai pas oublié comme vous vous cloîtriez, ni comme vous preniez soin de vous, comme vous redoutiez d'être atteint par une mauvaise fièvre, une attaque des bronches, mais je me plais à croire qu'on peut dominer son corps si on le décide. Je me disais : il saura tenir la faiblesse à distance, il repoussera la Grande Faucheuse. Les écrivains repoussent la mort, c'est pour cela qu'ils écrivent, m'avez-vous avoué un jour. L'écriture n'aura pas suffi, le corps aura fini par lâcher.

On a appelé votre frère, le médecin, à votre chevet, il vous a accompagné dans vos derniers instants, à ce qu'on m'a rapporté, tentant d'alléger la douleur, mentant probablement un peu, faisant croire que vous pourriez guérir, et finalement vous fermant les yeux. C'est bien, un frère, dans ces instants-là, je présume. Il était la seule famille qui vous demeurait, un résidu de la jeunesse.

Souvent, je me suis demandé, tandis que j'errais dans des déserts : et si je venais à tomber malade, qui prendrait soin de moi ? et si j'étais trop faible pour marcher seul, qui me soutiendrait ? et si je venais à mourir, qui s'occuperait de ma dépouille ? célébrerait-on au moins des obsèques ou jetterait-on mon cadavre dans une fosse commune, comme on le fit avec ceux des champs de bataille quand ils furent devenus trop nombreux ? Une chose m'était certaine : nul ne se souviendrait de moi.

Marcel, on se souviendra de vous. D'autant que vous aurez eu le temps, paraît-il, d'achever votre œuvre, si on veut bien considérer qu'une œuvre a une fin. Des correcteurs scrupuleux s'occupent, en ce moment, de mettre de l'ordre dans ce legs et on nous annonce quelques tomes à venir. Je les lirai, sans doute. Je ne suis pas aussi indifférent au passé qu'on le croit.

Du reste, je parle à deux disparus. Un jeune homme qui s'adresse aux morts n'est pas tout à fait guéri de la nostalgie.

Arthur, Marcel, que je vous fasse un aveu : je ne me sens pas prêt encore à aller visiter vos tombes. Je ne suis pas de taille à pénétrer dans un cimetière. Trop de souvenirs m'assaillent, qui pourraient me faire chuter dès les premiers mètres. Et j'aurais l'air de quoi, étendu entre des sépultures, avec le gravier froid contre la joue, et les feuilles racornies collées à mon vêtement, cerné par les cadavres, mais en vie ? Oui, c'est le léger souffle s'échappant de ma bouche, le soulèvement de ma poitrine qui ferait la différence. On est toujours un peu ridicule lorsqu'on est vivant et que tous les autres sont morts.

Mais j'irai, un jour prochain, c'est promis. J'irai parler avec vous. Autrement qu'à travers ces lignes, ces phrases griffonnées dans un carnet, ces mots crachés de la plume. Je me tiendrai debout face au marbre, les poings fermés, et je m'adresserai à vous. Si l'on m'entend, on me prendra pour un dément mais quelle importance ?

Qui sait, cela me fera peut-être du bien de reprendre le fil de nos conversations, là où il s'est interrompu ? De me sentir proche de vous, ainsi que je le fus, dans ma chambre, dans les salons, sous les ors ou les ombres. De lancer dans l'air des paroles inconsistantes qui disent l'amour ou l'amitié plus sûrement que n'importe quel discours, que toutes les déclamations.

Marcel, je m'emploierai à ne plus vous en vouloir. Car je vous en ai voulu, cet été-là. Pourtant, vous n'étiez pour rien dans mon malheur. Mais on fait toujours payer son malheur à quelqu'un. Je viendrai vous demander pardon de m'être mal conduit, d'avoir été injuste, d'avoir filé tel un voleur. Je sais à l'avance que vous m'exaucerez. Vous n'avez jamais réussi à vous fâcher longtemps avec les jeunes gens. Vous leur avez toujours trouvé des excuses. Celle de leur âge, principalement.

Arthur, le lent passage des années n'a rien changé. Le temps n'a nullement entamé ma souffrance : elle est pure comme au premier jour ; un diamant. J'escomptais pourtant que son éclat diminuerait un peu. Mais non. Les exils ne règlent rien, ne guérissent de rien. Cela n'empêche pas de les entreprendre.

Je sais qu'une pierre porte ton nom, quelque part, du côté de Montparnasse. Je sais que deux dates le soulignent. Je sais que ton visage sourit au centre d'un médaillon. J'écris pour ce visage. J'écris de ce visage.

Je sais que c'est toi sous la terre. Mais pas pour moi. Ça ne peut pas être toi. Puisque tu ris entre mes bras, puisque tu roules dans la bonne chaleur des draps avec moi, puisque tu as vingt ans. Tu ne peux pas être cette chair pourrie, détachée, désormais réduite en poussière, ces os calcinés, noirs, ce squelette grotesque, cette rigidité éternelle. Tu ne peux pas être cet étranger.

Je me souviens de tout. J'aurais aimé quelquefois perdre la mémoire, ne pas être assailli par les souvenirs, ne pas être rongé, dévoré, me débarrasser de toi, mon amour, mon triste amour. Certains soirs, j'ai même songé qu'il eût été préférable de ne jamais te connaître. Cependant mes combats étaient absurdes. Toujours j'étais ramené à toi. Toujours me revenaient les images du temps d'avant, le bonheur. C'est terrible, le bonheur. Quand on y a goûté, impossible de faire comme si on ne savait pas.

Non, je n'ai rien oublié : la première fois, les corps qui s'approchent, les bouches qui se prennent, les mains qui caressent voracement les torses, la folie de ça, et tous les jours qui ont suivi, les sept jours, toute une vie ensemble ramassée en une semaine de canicule. Je n'ai oublié aucun détail, aucun mot, aucun geste, aucun silence, même le détournement de ton profil je le connais par cœur.

Aujourd'hui, je ne lutte plus. J'ai appris à vivre avec ta disparition. J'ai appris que je pouvais y survivre. Que je pouvais passer le temps.

Je te fais une promesse : je m'efforcerai de ne pas pleurer. Il m'arrive d'être bêtement sentimental et de me montrer infichu de réprimer un sanglot. Je me suis endurci pourtant, tu n'en reviendras pas. Je suis presque méconnaissable. Il faut avouer que j'ai traversé quelques épreuves qui m'ont tanné le cuir. Mais voilà, à l'instant de nos retrouvailles, il se pourrait que la mémoire soit la pire des violences, et m'envoie valdinguer. Comme je sais que tu n'aimerais pas me voir ainsi, je vais apprendre à me tenir. Et quand je saurai ma leçon, alors je me présenterai devant toi.

Livre Deux

« Je suis parti vers des ailleurs... »

Vous vous étonnez peut-être de mon retour. Car, en effet, vous l'aviez deviné, Paris ne me manquait pas du tout, Paris avait même été effacée de ma géographie personnelle. Il a fallu des circonstances, disons exceptionnelles, pour me ramener au bercail. Pour m'arracher au lointain.

Car le lointain m'a plu. Après des commencements difficiles, le lointain m'a plu immensément.

D'abord, il y a eu l'Italie. Je l'ai traversée de son sommet à sa base, des Alpes jusqu'aux rivages de la Sicile.

J'ai vu les montagnes et les plaines, les lacs impassibles et les bords de mer furieux, les cités criardes et les campagnes lentes. J'ai vu les routes sinueuses, poussiéreuses, les champs d'oliviers à flanc de collines, les rangées de cyprès, comme des vigies rassurantes. Les vignobles interminables, les villages perdus, la pierre chaude, des églises où les heures sonnaient. Les façades ocre, le pavé des rues, le hululement des femmes, le désordre des villes où jamais je ne m'attardais.

J'ai vu les jambes nues des enfants se lançant dans des cavalcades, les seins rebondis des jeunes mères, les hanches alourdies des plus âgées, la fière allure des trentenaires quand ils deviennent chefs de famille, les rides des vieillards.

Moi, je marchais sous le soleil, obstinément, faisant des haltes, vivant d'expédients, dormant dans des granges, repartant sans prévenir, sans demander mon reste, filant comme un bandit, dénichant d'autres fermes, proposant mes services à des paysans peu regardants, se fichant de mes seize ans tant que j'avais la force de soulever le foin ou de nourrir les bêtes. Moi, oubliant ma bonne éducation, mon latin, mes belles manières, l'enfance aristocrate, mentant sur mon identité, en changeant à chaque nouvelle rencontre, pour ne pas être repéré, retrouvé. Moi, ne pensant pas à la frayeur et au chagrin laissés derrière, aux parents éplorés ; le regard dur, tourné vers le sud, le chemin à parcourir, la distance à creuser.

Et puis, un jour, la terre n'a plus suffi, la terre s'est épuisée, j'étais arrivé au bout, il me restait à changer d'élément, à prendre la mer. Oui, au terme de plusieurs semaines (ou étaient-ce plusieurs mois ?), j'ai compris que je n'allais plus marcher mais naviguer. Des bateaux étaient amarrés dans un port. Ils appareillaient pour des destinations dont j'avais lu les noms dans les livres, des pays dont mes maîtres m'avaient appris l'existence. Je n'ai pas hésité. Et, de toute façon, mon obsession ne me quittait pas. Fuir. Aller le plus loin qu'il était possible.

Je rêvais de ne penser à rien, cherchant dans le vide une sorte de tranquillité.

J'ai donc entrepris des voyages hasardeux sur des embarcations de fortune. J'ai marchandé ma présence à bord contre de menus travaux, offert mes bras, parfois un peu de mes connaissances encyclopédiques pour être admis dans les équipages. Il m'est arrivé aussi de monter clandestinement et d'être débarqué dans des ports inconnus. J'ai soudoyé des douaniers pour franchir des postes-frontières dans les pays où je me présentais sans papiers. Je repartais sans cesse, détestant l'immobilité, ayant besoin de grand large jusqu'à la folie. J'ai traversé des mers, contourné des caps, affronté des eaux furieuses et des étendues d'huile, bravé les vents et attendu pendant des jours le plus petit souffle d'air, enduré la pluie et souffert d'un soleil de plomb. J'ai été malade, connu la dysenterie, les vomissements, les insolations, le corps qui vibre, les étourdissements, les mains qui saignent, les muscles tétanisés, et tout ce que j'oublie. J'ai toujours continué. Il le fallait. Je ne savais pas faire autrement.

J'ai fini par embarquer sur un gréement ancien, un vieux boutre qui grinçait de toutes ses membrures. Il allait, voile tendue, un peu orgueilleux, incertain. Parfois, il nous guidait plus que nous ne le guidions. Parfois, c'était la mer elle-même qui indiquait le chemin, sans que nous puissions rien contre elle, contre sa direction. C'était un rafiot racheté à des contrebandiers sans doute, rafistolé par des marins confiants ou trop démunis pour être vraiment regardants. Un navire extravagant, qui fendait les flots par habitude, par lassitude.

À la proue se tenait un jeune homme, noir d'ébène, coiffé d'un turban et ceint de la fouta, une sorte de pagne qui lui tombait aux genoux. Je le contemplais dans l'effort, tendu, son ventre bien dur, ses flancs dessinés qui incurvaient vers la toison. Sa fouta battait au vent, je redoutais qu'elle s'envole mais elle était bien accrochée, elle laissait deviner le sexe puissant, je détournais le regard. Quand il avait fini son ouvrage, il tressait des cordages tout en fredonnant dans sa langue et c'était comme un chant douloureux, une plainte dans le soir.

Le capitaine se tenait de profil, adossé au bastingage, il scrutait le lointain et j'ignorais s'il fixait un point, entre les vagues ou laissait son regard vagabonder. Il me semble qu'il se tenait en lui-même, indifférent au spectacle de la mer, au cognement des lames contre la coque.

Je demeurais à l'écart de cet étrange équipage, à la poupe de ce bateau qui roulait et tanguait, prenait l'eau, sur des eaux infestées de requins. C'était la corne de l'Afrique, nous voguions au beau milieu de la mer Rouge. Cela a duré des jours et des nuits.

Lorsque nous avons finalement accosté, j'ai décidé de rester là, un peu : j'étais prêt à tout, faire les pires métiers pour exister un jour de plus, errer parmi les mendiants dans les ruelles infectes de villes improbables, casser des pierres et bâtir des églises au milieu de nulle part, devenir trafiquant, faire le commerce du café ou du cuir, celui des armes ou du haschisch.

Et c'est précisément ce que j'ai fait.

Tout cela ne me faisait pas peur. Tout cela, je l'acceptais. Mieux, je le recherchais. Je croyais que la précarité et le dénuement pouvaient, seuls, me sauver.

De l'Afrique, je pourrais parler indéfiniment. Tout y est, et rien n'y est. C'est le désert à perte de vue, l'horizon qu'on ne rejoint jamais, c'est la splendeur, le silence et le sacré. Et ce n'est que du sable. Rien que du sable. C'est les visages magnifiques, les peaux qui scintillent, les dessins superbes, des allures inoubliables. Et c'est aussi la peau dévorée par les mouches, la maigreur et la faim. C'est la lenteur, une sorte de majesté, une manière de dominer le temps, de le mépriser peut-être, une extraordinaire désinvolture à l'égard de la marche du monde. C'est l'homme noir, nimbé de ses mystères, lesté de ses traditions, colportant des fables extraordinaires, inventant une longue chaîne de fraternité. Et c'est aussi l'homme blanc, vorace, impérial, âpre au gain, qui n'a que faire des légendes ancestrales, ne vivant que dans un présent immédiat.

Je pourrais parler indéfiniment de l'Égypte, du Soudan. Des chemins où la poussière tourbillonne, des cailloux qui cassent les chevilles, des routes qui se perdent, des dunes qui se succèdent encore et encore, des oasis qui sauvent la vie, des villes de pierre qui ressemblent à des labyrinthes, des murs brûlants à mes mains calleuses, de la blancheur insoutenable à mes yeux aveuglés, des chameaux nonchalants, des Bédouins mutiques, des mirages qui font vaciller, de la chaleur qui vibre, du froid qui peut saisir sans prévenir, la nuit. Mais à quoi bon ? Ou plutôt : comment vous en parlerais-je ? Les mots sont si misérables, si dérisoires : comment diraient-ils cela ?

J'ai débarqué en Abyssinie. Rien que le nom me faisait rêver. Celui d'un parfum ou d'un fantasme. Quelque chose qui se dérobe, s'échappe. Une essence. Pourtant, c'est un pays bien réel, et bien dur. Peut-être un des plus durs de ce continent sublime et supplicié. Des hommes meurent sous la pesanteur zénithale du soleil. D'autres sombrent dans la folie. Le danger est partout. Ou plutôt – ce qui est plus pernicieux – il semble être partout. J'ai pensé : si je survis à cette épreuve, alors je suis immortel. Énoncé autrement, cela donne : j'étais disposé à mourir. Et je ne suis pas mort.

Dans le délire qui s'était emparé de moi, je n'ai pu m'empêcher d'aller sur les traces du poète fulgurant reconverti en négociant médiocre et, autant le confesser, j'ai cherché à lui ressembler.

Pourtant, j'étais beaucoup plus jeune que lui : j'avais l'âge qui était le sien au moment où il composait ses miracles.

J'ai marché dans ses pas, fréquenté ses lieux. J'ai vu des montagnes ocre, un volcan menaçant, une cité étouffante et je me suis demandé comment on pouvait ne pas vouloir instantanément quitter cet enfer. Je me suis assis à la terrasse de l'hôtel de l'Univers et efforcé de voir avec ses yeux et je n'ai rien vu. J'ai regardé des caravanes partir et tenté de deviner si, parmi ces étranges pèlerins, il s'en trouvait un qui l'avait accompagné jadis. Je me suis présenté à un comptoir où l'on m'a assuré que les registres qui auraient pu me signaler sa présence avaient disparu. Je me suis employé à retrouver ceux qui l'avaient croisé, trente ans plus tôt, mais personne n'a parlé, personne ne se souvenait de lui, et les rares qui ont consenti à répondre à mes questions m'ont expliqué qu'on ne devait pas déranger les fantômes, qu'il fallait les laisser en paix.

J'ai passé mon chemin.

J'ai traversé, de nouveau, la mer Rouge pour remonter vers le Liban, la Syrie, où des Français s'installaient car on leur avait promis une réussite qui les fuyait chez eux, de l'argent rapide, du pouvoir facile. On les reconnaissait aisément : ils étaient jeunes, arrogants, avaient le regard avide. Ils arrivaient de Limoges ou de Dunkerque, avec un désir de revanche sur une existence qui ne les avait pas gâtés, une société qui ne leur avait pas fait de place. Leur place, ils entendaient la faire dans ces contrées, où tout était à construire, où l'autochtone était présenté comme docile, où les richesses étaient à portée de main.

Au début, ils étaient vifs et, très vite, s'avachissaient, prenaient leurs aises, se comportaient en parvenus. C'était un spectacle assez peu ragoûtant, qui me faisait un peu honte, me conduisait à me tenir à distance pour ne pas leur être assimilé.

De toute façon, je ne voulais que la solitude et la tranquillité.

Je me contentais d'emplois subalternes, de tâches précaires, auprès de gens qui ne me demandaient aucune référence ni aucun compte. Je ne restais jamais longtemps au même endroit. Les locaux s'étonnaient de me voir me comporter comme un des leurs, plutôt qu'en conquérant. Tout simplement, je n'avais pas l'âme conquérante. Je n'avais plus d'âme, c'est tout.

Je crois, en tout cas, que je ne suscitais pas de méfiance. Peut-être même certains éprouvaient-ils à mon endroit sinon de la sympathie, au moins de la compassion. J'étais le jeune homme triste et muet, aux traits si purs, avec quelque chose de brisé dans le regard qui leur faisait peur.

De mon poste d'observation, celui que procure le recul, ou l'indifférence, j'ai pu voir monter les rancœurs, se former les premières tensions. Car déjà naissaient, en réaction aux petits Blancs trop sûrs d'eux, des mouvements de revendication nationale et de résistance à l'envahisseur. J'ai senti l'air se charger d'électricité en certaines occasions et je suis prêt à parier qu'un jour, tout cela formera un gigantesque brasier, que nul ne saura éteindre, car alors il sera trop tard.

J'ai dormi sur des paillasses, mangé avec mes doigts, bu aux fontaines. J'ai écouté le chant du muezzin, cette mélopée déchirante qui me tirait du sommeil, vu les hommes en prière et les femmes s'enfoncer dans les ruelles. Je me suis frayé un chemin dans le désordre marchand, là où tout s'achète et tout se vend, sans véritablement m'arrêter. J'ai baissé les yeux quand on me dévisageait. Au fond, j'ai vécu tel un spectre, imitant sans le vouloir l'homme aux semelles de vent, celui dont la trace s'est effacée et dont le souvenir imprécis construit la légende.

Sauf qu'à mon propos, on n'inventera aucune légende.

Que je vous dise, à ce stade de mon récit : je n'ai pas connu l'amour. Il faut reconnaître que je ne le cherchais pas. Hanté par le souvenir de mon amoureux mort, du jeune homme de vingt et un ans fauché dans la terre boueuse de l'Est de la France et rendu à sa mère dans un misérable cercueil, je n'étais disponible pour personne, capable de sentiments pour personne. Enfermé dans mon deuil comme en une prison, nul ne pouvait me rejoindre.

Mais, bien sûr, parce que le corps a ses exigences, il est arrivé que j'offre le mien à des amants de passage. Ce n'était pas bien difficile : il me suffisait d'admettre que le désir d'une peau, d'un sexe n'a pas grand-chose à voir avec l'amour, qu'on peut étreindre sans s'attacher. Il suffisait encore d'accepter que ces entremêlements n'étaient pas une trahison, que ces garçons n'étaient pas voués à remplacer l'inattaquable disparu.

Cela m'a pris du temps malgré tout. À seize

ans, à dix-huit ans, on n'est pas prévenu de ces choses-là. Tout ce que je savais, c'est Arthur qui me l'avait appris. J'ai dû me débrouiller par moi-même, ne pas attendre, cette fois, qu'un autre me montre le chemin.

Je me souviens de mes hésitations au début, de mes répugnances, de mes abdications au tout dernier moment, de mes reculades, de ma mauvaise conscience. Je me souviens de mes frayeurs, de mes frissons, de mes convulsions quelquefois, comme si mon corps posait de lui-même une interdiction. Je me souviens de mon chagrin, de cette tristesse sans limites qui me tenait à l'écart, et qui rebutait les gens.

Et puis, un soir, sans que j'aie rien provoqué, sans que je l'aie décidé, ça s'est produit. Il y a eu une manière d'abandon, comme une défaite consentie, comme un laisser-aller. Il y a eu une détente de tous les membres, comme un relâchement dans la douleur. Il y a eu un sourire, peut-être, surgi d'on ne sait où, une lumière dans mon visage, involontaire, déroutante.

Le jeune homme, lui, avait choisi de ne pas s'attarder sur le malheur, sur les épaules tombantes, sur la mélancolie. Il ne m'a pas dit, au contraire des autres, que je ressemblais à un spectre. Il a fait comme s'il ne voyait rien. Il a souri à son tour ; une fossette, une seule, a creusé sa joue gauche. Il ne m'a pas dit : ne t'inquiète pas, ne pense à rien, tout ça n'est pas grave, nous ne faisons rien de mal. De tels mots m'auraient fait horreur. Je savais bien que nous ne ferions rien de mal. Non, lui, il a prononcé des paroles ordinaires, douces, inconsistantes. Il a souri encore, je ne voyais plus que sa fossette.

Plus tard, il y a eu un garçon de ferme, j'étais de passage, je ne sais même plus dans quelle région du monde. J'étais arrivé avec le soir, avec la lumière qui tombe, j'avais demandé asile à des paysans renfrognés, un homme rugueux et son épouse quasi muette, ils avaient accepté, effrayés sans doute par mon apparence, mes loques, la fatigue qui faisait vibrer ma carcasse, la faim qui creusait mes joues, le luisant de mon regard. Oui, ils m'avaient pris en pitié, devinant qu'ils me sauvaient la mise, et n'attendant aucun remerciement en retour. Ce devaient être de bons croyants, qui se rendaient à l'église le dimanche, enfermaient un missel dans la commode à côté de leur lit, et dormaient sous un crucifix. Ils ont proposé de m'héberger dans la grange. Ça sentait le foin, et la chaleur des bêtes. Après avoir avalé une soupe, je me suis écroulé dans la paille, le sommeil est venu tout de suite. Au petit matin, quand la lumière a strié le bois, rebondi contre les poutres, j'ai aperçu le jeune homme. Il se tenait là, poings fermés sur les hanches, casquette en arrière sur son crâne rasé, m'observant comme une énigme. Il n'avait pas vingt ans. On ne voyait que ça, cette jeunesse, cette insolente beauté qui s'ignorait. Il m'a fait envie d'emblée. Lui, il n'a rien perçu tout d'abord de ce désir brutal, de cette envie animale, il paraissait persister à tenter de résoudre l'énigme de ma présence, sans me poser pour autant la moindre question. J'ai fini par lui avouer (mais dans quelle langue ?) que j'étais un étranger, de passage, que j'avais dormi là, avec le consentement des fermiers, que je devais repartir. Il m'a demandé où j'allais. Je n'ai pas su lui répondre. Je ne connaissais pas la réponse à sa question. Cela l'a dérouté, cette ignorance, et ma manière, innocente, de la formuler. Cela l'a fait rire aussi. Il y a eu ça, d'un coup, le rire du jeune homme, trop fort, qui a jeté sa tête en arrière. Lorsqu'il est revenu à moi, il a figé son rire d'un coup : il avait perçu mon désir. On ne voyait que ça, ce désir, il faut dire, c'était dans mon regard, dans la tension du corps. Il aurait pu quitter les lieux, ou cracher à la figure de l'impudent. À l'inverse, il s'est approché de moi, au plus près, de sorte qu'il suffisait désormais du plus infime mouvement pour se toucher. Il est resté quelques secondes dans cette indécente proximité, sans que les peaux même ne s'effleurent. Il ne disait rien, se tenant là, dans l'attente du basculement, dans les secondes d'avant l'étreinte, dans les palpitations muettes. Et il s'est emparé de moi, nous avons roulé dans la paille, il a pris mon sexe dans sa bouche, puis ma croupe, il y a eu une jolie violence, je l'ai laissé faire, je savais que j'allais repartir, que cet instant n'existait qu'en lui-même, qu'il était inutile, sans conséquences.

Après, c'est devenu facile. Dans certaines de mes haltes, il s'est trouvé des garçons avenants, aimables. Je ne leur demandais pas leur prénom. Parfois même, nous n'échangions pas le moindre mot. Je repartais sans faire de bruit. Au détour de la rue, ils m'avaient probablement déjà oublié.

C'est à Constantinople que j'ai appris que la guerre était finie. Cela faisait deux années et demie que je vagabondais, presque au hasard, quand j'ai choisi de faire une halte dans l'ancienne capitale de l'Empire romain. J'avais envie de découvrir cette ville à cheval sur deux continents, l'Europe et l'Asie. Envie également de voir à quoi ressemblait le détroit du Bosphore et comment se rejoignent la mer Noire et la mer de Marmara. Pourtant, ce qui m'a frappé en premier, ce n'est pas la splendeur, c'est le froid.

Car il y faisait froid et humide, alors que, naïvement, je m'attendais à trouver la moiteur dans cette cité inexpugnable, dont on m'avait expliqué qu'elle était bâtie pour contenir les agresseurs extérieurs et dont j'avais, par conséquent, imaginé qu'elle conservait en permanence la touffeur de l'Orient. Même les sept collines qu'on y avait dessinées, afin qu'elle ressemblât à Rome, n'empêchaient nullement la pluie et, à l'occasion, la neige.

Je déambulais sans intention particulière, observant les citernes monumentales qui alimentaient les thermes et me faisaient comprendre pourquoi les bains turcs avaient une telle réputation en dehors des frontières du pays, quand je suis parvenu au pied de la mosquée Bleue. Là, des hommes étaient rassemblés et parlaient entre eux. J'ai d'abord pensé qu'ils priaient ou que, à tout le moins, leur conciliabule avait une teneur religieuse. Toutefois, en m'approchant, j'ai compris qu'il s'agissait d'autre chose. Finalement, un vieillard, m'ayant aperçu et ayant deviné ma curiosité, m'a simplement dit, dans un français impeccable : « La guerre est finie. »

Et moi, aussitôt, plutôt que de me réjouir de cette incroyable nouvelle, plutôt que de l'interroger pour en apprendre davantage, plutôt que de m'étonner qu'une telle information soit parvenue aux confins de l'Asie, j'ai demandé : « Comment savez-vous que je suis français ? » Je présume que c'était ma façon d'éluder, de ne pas m'attarder sur un événement dont je pressentais qu'il aurait nécessairement un retentissement sur ma propre existence.

L'homme ne s'est pas désarmé et m'a répondu, après m'avoir gratifié d'un regard appuyé : « Ça se voit sur vous, la France. Vous êtes un petit Parisien égaré. D'autres remarqueraient en premier votre égarement. Moi, je vois Paris. » Et il m'a souri.

Incapable de formuler la moindre réplique,

j'ai préféré m'éloigner, maladroitement. Je me rappelle avoir longé des églises, levé les yeux vers un aqueduc, avant de m'enfoncer dans une foule grouillante qui rejoignait des boutiques.

Dans ma tête, tournaient les mots du vieillard : « Je vois Paris. » Mais, assez vite, ils ont été remplacés par d'autres : « La guerre est finie. » J'ai alors été rattrapé par un souvenir qui ne m'appartenait pas, un souvenir volé à un autre, à Arthur : celui d'une tranchée tourbeuse où patientaient des hommes épuisés. Et puis, c'est un parfum qui a saisi mes narines, un parfum inventé lui aussi, ou recréé : celui des cadavres ; une odeur humaine, terriblement humaine, l'odeur des entrailles et des derniers souffles, l'exhalaison de la terreur et de la fatigue, mêlée à la terre boueuse et imprégnée de sang.

Je suis tombé sur mes genoux et j'ai vomi.

Et après ? Après, il y a eu la Grèce. J'aurais dû aimer ce pays languide, où règne une certaine volupté. Aimer la pierre blanche, les rochers qui surplombent la mer, les forêts incendiées. Aimer ce territoire où sont nées la démocratie et la philosophie. Non, décidément, ce ne sont pas les raisons de m'y plaire qui manquaient. En réalité, le poids du passé m'a immédiatement écrasé. À Athènes, l'Antiquité est partout. Où qu'on se tourne, une agora, un théâtre, un temple, un musée. Partout, des colonnes, des statues, du marbre, de la céramique. Trop de beauté ancienne, trop d'un temps figé, trop d'un monde fossilisé. Il m'a semblé marcher au royaume des morts. Je ne suis pas resté. J'ai rapidement embarqué sur un navire assurant la traversée de la mer Ionienne et rejoint l'Italie.

Pas tellement mieux, de ce point de vue, l'Italie : elle aussi imbibée d'Histoire, de vestiges, comme le mouchoir d'un tuberculeux l'est de sang. Et puis, ce retour avait des allures de défaite : tant de chemin parcouru, tant d'années avalées pour revenir quasiment au point de départ. À ce moment-là, je le confesse, j'étais perdu, ne sachant plus quoi faire, ni où aller. Me gagnait le sentiment de tourner en rond. Certes, je n'avais jamais eu aucun objectif, sinon celui de fuir. Jamais eu aucun but, sinon celui que le hasard me proposait, ou que le désir commandait. Jamais fixé aucune borne, puisque les frontières n'existaient plus et que seule importait la marche, obstinée. Toutefois, il me fallait admettre que mes équipées ressemblaient de plus en plus à des errances. En n'y prenant pas garde, j'allais finir comme les chiens.

En Italie, rien n'avait changé et, cependant, rien n'était pareil. Trois années s'étaient écoulées, les combats avaient cessé, la nonchalance et la douceur auraient dû avoir repris le dessus. Et c'était exactement le contraire : la colère était partout. Certains disaient que la victoire leur avait été volée, qu'elle avait, en tout cas, été mutilée. D'autres se plaignaient de manquer de tout. Tous détestaient le gouvernement. Dans les villes du Sud, j'ai vu des foules vociférantes, des femmes hurlantes réclamant du pain et des hommes au regard de haine réclamant de l'ordre. J'ai vu des défilés, dans les rues sales, et redouté que ne reviennent les jours anciens, si proches, où l'on se livrait à l'ombre contre un peu de meilleur. J'ai vu des soldats en chemise brune, galvanisés par un pantin fou promettant revanche et grandeur, et craint que la nuit ne recouvre de nouveau l'Europe.

C'est à Florence que mon destin s'est joué. Je me tenais sur le ponte Santa Trinita, contemplant l'Arno qui coulait en contrebas, plutôt calme à cet endroit-là. J'envisageais de monter jusqu'aux marches de San Miniato, car la vue sur la ville y est, dit-on, à couper le souffle : à dominer le dédale des rues, les toits rouges, les façades ocre, les clochers des églises et l'imposant Duomo, on comprend mieux, paraît-il, l'âme de cette ville secrète, érudite, romantique, ennuyeuse. Je savais aussi qu'il me faudrait me présenter à l'heure à la boutique d'étoffes où j'étais, depuis quelques jours, employé comme commis. Bref, entre une tentation et une obligation, je cherchais un impossible équilibre. C'est alors qu'une femme sans âge s'est approchée de ma carcasse. Son attention avait été attirée, m'a-t-elle assuré, par une indécision ressentie chez moi, une difficulté à choisir. Elle se demandait si j'étais la proie d'une résignation pas encore totalement assumée ou d'un élan interrompu. Au début, je l'ai scrutée avec circonspection, ne sachant s'il s'agissait d'une folle, ou d'une camelote, ou d'une diseuse de bonne aventure. Et, sans que j'aie rien dit, elle m'a soudain commandé de partir, de quitter la ville, de quitter le pays : mon avenir était ailleurs, dans un « nouveau monde ». Il était temps pour moi de jeter mes oripeaux et d'endosser des habits neufs. Elle m'a asséné : « Tu fais pitié. Alors que tu devrais faire envie. » Avant de filer, sans préavis, ni explication. J'en ai conclu qu'en effet, la femme du pont était une folle. Et, juste après, j'ai pensé que seuls les fous avaient raison.

Un « nouveau monde ». Il suffisait de le trouver.

Un nouveau monde. Il me tendait les bras.

L'Amérique.

Tout à coup, cela m'a frappé comme une évidence : l'Amérique.

Auparavant, cependant, m'attendait un défi considérable : renouer avec la France. Car c'est du port du Havre qu'on embarquait pour rejoindre l'autre côté de l'Atlantique. Autant l'avouer : je ne m'en sentais pas capable. J'étais persuadé que je ne supporterais pas de fouler ce sol honni, volontairement abandonné. Convaincu que d'entendre parler le français autour de moi serait comme un bourdonnement intolérable. Certain que même les paysages inconnus me sembleraient familiers, uniquement parce qu'ils appartiendraient à la mère patrie. Et puis, je redoutais de me cogner à des fantômes, à la cohorte invisible et cependant palpable des soldats fourvoyés, de me perdre, pris dans la gigantesque toile d'araignée tissée par les cadavres entre eux. C'était absurde, je le sais bien, mais cette superstition idiote et mes certitudes intuitives ont bien failli me faire renoncer.

J'ai tenté de me raisonner en me répétant : il s'agit simplement de traverser le pays. J'ai accompli des exploits bien plus grands au cours des dernières années et je suis devenu un passant infatigable. Cependant, je n'y réussissais pas : la tentation de l'abdication ne me quittait pas.

Je me disais : il suffira de contourner Paris, ce ne sera pas si compliqué, il existe des routes au milieu des provinces, des chemins dans les campagnes, des gares dans des villes moyennes. Cependant ma frayeur ne s'estompait nullement.

Je me suis décidé sur un constat qui s'est progressivement insinué et finalement imposé : si je devais continuer à errer, alors j'allais mourir. Ou plutôt, j'allais m'éteindre lentement, telle une bougie qu'on aurait oubliée sur son chandelier avant d'aller se coucher et qu'on retrouve consumée au petit matin. Ma disparition m'a semblé inéluctable. Et la vérité, la vérité toute nue, c'est que je n'y consentais pas, je n'y étais pas prêt.

Dès lors, ma résolution s'est formée et je n'en ai plus dévié. Cela m'a rendu extraordinairement calme, d'un coup. Les gens résolus sont des gens calmes.

J'ai pensé aux détails matériels et singulièrement à l'argent du voyage. M'étant renseigné sur le coût de la traversée, j'ai constaté avec soulagement que les économies accumulées au long de mes périples, et dans ces haltes où j'offrais mes bras, celles que je dissimulais dans une ceinture autour de mes hanches, étaient suffisantes. Pour le reste, je n'avais besoin de rien. Je pouvais accomplir mon destin.

J'ai marché beaucoup et sauté dans des charrettes, dormi à la belle étoile ou dans des granges, progressé sans faiblir, sans parfois même relever la tête. J'ai été cet automate étrange, indifférent aux alentours, une silhouette en mouvement, un fugitif sans personne à ses trousses.

Pour finir, du côté d'Évreux, j'ai pris un train. Était-ce l'épuisement ou l'impatience ? Toujours est-il que j'ai accompli les derniers kilomètres en chemin de fer. Arrivé à la gare sans rien connaître des horaires, j'ai dû attendre des heures. Je me suis installé à la brasserie, c'était un café bruyant et froid comme le sont les endroits de passage, dont les portes s'ouvrent et se referment sans cesse, dont les occupants se fichent de l'impression qu'ils vont laisser. Je suis resté dans cette saleté et cette promiscuité, avalant quelques bières blanches, et commençant à prendre des notes sur le carnet que je venais d'acheter dans une papeterie de la ville. Puisque j'entamais une nouvelle existence, il fallait en tenir le registre. Et puis, en fixant le présent, j'écartais le passé. Une femme s'est approchée de moi, une grosse femme rousse, aux aisselles capiteuses. Je crois qu'elle m'a fait un peu de gringue et je crois que j'ai fait celui qui ne s'en rendait pas compte. Elle a prétendu que j'étais joli garçon et que « les jolis garçons ne devraient jamais être tristes ». Cette phrase est la première que j'ai consignée dans mon carnet. La relisant, je me suis juré de ne plus être triste. Au moins d'essayer. Je me doutais que cela exigerait des efforts.

À l'heure dite, j'ai grimpé dans mon wagon. Le train s'est désencastré du quai, ébranlé lentement, et il est parti, laissant dans son sillage une fumée gigantesque qui a englouti ceux qui restaient. Il a roulé sans hâte mais cette lenteur m'a plu. Je me suis assoupi sur la banquette de bois où j'avais pris place, la tête posée contre mon sac en toile. Quand je me suis réveillé, c'était le terminus.

Je me souviens du port du Havre. D'un ciel délavé par l'orage, d'un sol détrempé par la pluie. Je me souviens des câbles qui traînaient un peu partout, d'un enchevêtrement de câbles. Certains étaient recouverts par la rouille, d'autres n'étaient que de gros cordages serpentant au hasard sur les pavés luisants, entre les caisses de bois, les chargements en souffrance, tels des serpents interminables et inoffensifs. Je faisais attention à ne pas me prendre les pieds dans ces lassos gigantesques. Parfois, le poids de mon sac en toile de jute jeté sur l'épaule me déséquilibrait et je menaçais de tomber, mais toujours au dernier moment je parvenais à me rattraper et j'avançais méthodiquement vers le lieu d'embarcation. Je me souviens du désordre, de la marmaille éparpillée, des grappes d'individus en partance, cherchant une indication, un signe auquel se raccrocher, des valises pendant au bout de leurs bras, toute une vie emportée dans leurs bagages. Je me souviens des autorités portuaires dépassées par le nombre, la transhumance, d'hommes en uniforme tentant de faire la police sans y parvenir, s'époumonant sur des sifflets que personne n'entendait, gueulant des directives auxquelles personne ne songeait à se plier. C'était un capharnaüm géant que des marins arpentaient, habitués, comme absents ; ça n'était pas leur affaire. Je me souviens des fumées qui s'échappaient vers le ciel, sans que je fusse capable de déterminer leur origine, qui retombaient en gouttelettes sur les visages, y laissant des traces grises. Les bateaux attendaient là, monstres de métal arrimés aux quais, bestiaux babyloniens, colosses imperturbables, éléphants échoués qui engloutissaient tous ceux qui rêvaient d'ailleurs ou ne pouvaient pas faire autrement que de ficher le camp. Oui, nous marchions, peuple migrateur, fourmis fuyantes, vers ces géants immobiles, ces monuments d'acier qui promettaient de nous emmener loin, le plus loin possible. Je me souviens du port du Havre.

Il me faut parler de cela plus précisément : la foule des migrants, entassés sur le port, au pied du paquebot, attendant d'emprunter la passerelle qui les conduirait dans le ventre de la baleine. Des centaines d'hommes et de femmes et d'enfants, de tous âges, de toutes origines, mais plutôt modestes quand même. Il y avait là des individus ténébreux, ombrageux, comme marqués par la honte de devoir abandonner leur terre natale mais animés d'un orgueil et d'une soif de revanche, qui leur faisaient le regard luisant. Ceux-là semblaient dire : là-bas, ce sera forcément mieux qu'ici. Il y avait, pour les accompagner, des épouses, fichu noué sous le menton, silencieuses et soumises. Beaucoup tenaient dans les bras des nourrissons braillards ou avaient dans leurs jupes des mômes fiévreux ou terrorisés. Je revois aussi des garçons maigres, si maigres, parcourus de violence, des vieillards fourbus dont on se demandait comment ils pourraient supporter la traversée. Cet aréopage paraissait épuisé, avant même le début du voyage. Dans cette foule amorphe s'étaient glissés des fanfarons qui sifflaient entre leurs dents, laissaient s'exprimer leur joie et leur espérance. Ils n'avaient pas vingt ans et des rêves aussi grands que le pays qu'ils avaient adopté sans le connaître. Moi, j'étais un point minuscule au milieu de ce peuple en noir et blanc, emporté par le mouvement, conduit jusqu'à la passerelle presque malgré moi, porté par le flot de ceux qui n'en pouvaient plus du sort que la vie leur avait réservé.

Le paquebot était un bâtiment long de sept cents pieds, un géant d'acier dont je ne comprenais pas comment il parvenait à flotter, un navire à vapeur presque mythologique. En y pénétrant, après avoir tendu à l'employé de la Compagnie maritime mon ticket tel un sésame, je me suis souvenu de Christophe Colomb, des pèlerins du *Mayflower*, et de tous les aventuriers, tous les déracinés m'ayant précédé. Avant moi, tant d'autres avaient fui, tant d'autres avaient rêvé. Je continuais l'histoire.

Je suis descendu rejoindre ma cabine de troisième classe. Je me suis d'abord perdu dans les coursives, évidemment : c'était un tel labyrinthe, une succession de couloirs et d'angles, de portes qui se ressemblaient toutes. Nous pouvions à peine nous croiser, les passages étaient si étroits, et presque tous les voyageurs étaient encombrés de bagages. Il fallait patienter de longues minutes dans ces tunnels étranges parce que personne ne trouvait sa place, nous étions contraints à des stations parce que des familles demandaient du secours dans des langues que nul ne comprenait, ou que certains négociaient des regroupements. On suffoquait, une odeur de sueur, d'ail et de panique s'imprégnait à nos vêtements. Ce départ s'apparentait davantage à un exode qu'à un exil. Sur les routes de l'Est, des gens pareillement avaient fui des années plus tôt, s'éloignant des zones de combat : c'était la même anarchie, la même confusion. Quel était donc cet ennemi invisible qui nous faisait décamper tous ensemble ? Quelle était cette frayeur qui nous plongeait dans le chaos ?

Lorsque j'ai finalement atteint ma cabine, j'ai compris tout de suite que je faisais partie des chanceux. Je n'allais pas voyager à fond de cale, au-dessous de la ligne de flottaison. Pour mon bonheur, je n'étais pas consigné dans un immense dortoir, sans fenêtres : j'avais hérité d'un lieu certes exigu et confiné mais nous n'étions qu'une dizaine et nous bénéficiions d'une aération. Tous du même âge, tous célibataires. J'imagine que c'est l'absence de liens qui nous avait cantonnés ici. Nous nous sommes présentés brièvement, sans cérémonie. Qui que nous fussions, nous n'étions guère enclins à raconter notre histoire. Et puis, douze jours de mer nous attendaient, nous aurions tout le temps de faire connaissance. J'ai jeté mon sac sur la paillasse et un regard bref par le hublot. La mer était derrière la vitre sale, tranquille et sombre. Elle serait notre compagne têtue, et notre passeport pour la délivrance.

Quelqu'un a donné le signal et nous l'avons suivi. Nous souhaitions nous tenir sur le pont au moment où le bateau partirait. Nous n'allions pas rester là, confinés, tandis qu'on larguerait les amarres. Et sans doute désirions-nous, sans nous l'avouer, humer l'air une dernière fois, et contempler la terre qui s'éloigne, une terre que nous ne foulerions plus.

Quand nous avons gagné le pont, tous étaient là, agglutinés contre les rambardes. Tous étaient là, pour dire au revoir, ou simplement pour emporter une dernière image. Je me suis mis en retrait, je n'avais personne à saluer, les meilleures places me semblaient devoir être réservées à ceux pour qui l'adieu avait son importance. Et là, dans mon écart, je les ai observés de nouveau, mes compagnons d'exil, enveloppés dans leurs pelisses, les femmes avaient une main posée sur la gorge pour se protéger du vent et l'autre accrochée au bastingage, les hommes faisaient mine de s'intéresser à la machinerie, à la manœuvre en préparation, des enfants pleuraient, leur avait-on expliqué ce qui les attendait ? J'étais incapable d'évaluer notre nombre. Oui, combien étions-nous ? Deux mille ? Davantage ? Comment mesure-t-on une foule ? Comment mesure-t-on la tristesse et l'espérance ? J'ai vu des mouchoirs qu'on agitait, entendu des saluts, des prénoms criés. Pourtant, c'est plutôt le silence qui dominait, comme si la distance entre le pont et le quai empêchait toute conversation, toute correspondance, et comme si les sentiments violents et contradictoires qui étreignaient chacun d'entre nous nous réduisaient au mutisme ou au murmure. Qui, en cet instant interminable, songeait à ce qu'il allait trouver de l'autre côté de l'océan ? Je suis presque certain que la plupart voyaient leur vie défiler ou se dissiper dans les fumées grises et blanches qui s'envolaient du port du Havre.

Je n'ai pas vu la rive s'éloigner. C'est aussi bien. Il est des souvenirs encombrants, qui reviennent nous hanter, s'inscrivent dans nos rétines et font le regard vitreux, j'en sais quelque chose.

Je suis redescendu dans ma cabine et j'ai griffonné aussitôt quelques notes dans mon carnet. Ce sont ces notes que je contemple en cet instant précis, elles m'aident à rédiger mon témoignage. Je suis frappé de constater combien mon écriture s'est modifiée. Elle était celle d'un jeune homme alors, à la fois mal assurée et nerveuse. Elle était aussi une écriture aventurière puisque, au fil des pages, apparaissent des dessins crayonnés à la hâte, qui racontent déjà un autre continent.

Le mal de mer m'a saisi dès la première nuit à bord. Je dois confesser que j'en ai été surpris. Sans doute présumais-je que mes expériences passées sur des navires de hasard et dans des eaux autrement tempétueuses m'immuniseraient. Ou peut-être avais-je misé sur la stabilité de vaisseaux aussi puissants et lourds que notre paquebot. Je me trompais. Le roulis, l'abominable roulis a provoqué des dégâts presque tout de suite. Au commencement, ç'a été une simple nausée, une légère indisposition. Et puis, les vomissements sont arrivés. Pourtant, la mer était bonne. À ce stade de la traversée, nous n'avions encore affronté aucun grain. La vérité, c'est qu'il faut s'accoutumer à la disparition de la terre, à l'emprise de l'océan. Au fond, ces haut-le-cœur répétés, dont j'étais l'auteur non consentant, n'étaient peut-être rien d'autre que la manifestation d'un manque. Le tangage incessant me rappelait que j'avais quitté la terre ferme, cette habitude, cette certitude. Le bruit des vagues s'écrasant contre la coque me ramenait à ma condition d'homme ballotté. J'ai toujours estimé que le corps parlait, qu'il répondait. Et que nos maux prenaient leur source dans des tourments qui n'étaient pas tous physiques.

Le premier matin, je suis monté sur l'entrepont. L'air était vif, vivifiant : il m'a fait du bien. La mer était belle, paisible : elle m'a rassuré. Je commençais à m'habituer à elle, à son rythme, à sa musique. Tout de même, il fallait encore que le regard s'acclimate. Il n'était pas habitué à une telle ampleur. La mer à perte de vue, nul autre repère que l'horizon, cette ligne floue, vacillante, qui disparaît lorsqu'on la scrute. Je me raccrochais aux nuages, au fil déchiré des nuages. Et aux mouettes flottant contre le vent, immobiles, indifférentes.

Et puis, je suis revenu au bateau, à l'humanité grouillant sur le bateau. C'est en cette circonstance que j'ai véritablement compris à quel point notre rassemblement était cosmopolite. Nous avions embarqué au Havre mais ceux qui étaient montés à bord n'étaient pas tous français, loin de là. J'ai appris, un peu plus tard, qu'on arrivait de toute l'Europe pour mettre les voiles, que certains avaient parcouru des milliers de kilomètres, par les moyens de transport les plus divers et quelquefois les plus étranges pour prendre place dans ce paquebot qui voguait vers le Nouveau Monde. Combien de nationalités sur le pont de ce navire et dans ses entrailles ? combien de langages ? combien d'origines ? de religions ? Des visages semblaient taillés dans les montagnes du Sud, ils étaient pleins de soleil et de rocaille. D'autres portaient la pâleur de l'Est, les veines affleuraient sous la peau translucide, le regard était d'un bleu délavé. D'autres encore avaient la blondeur du Nord, des taches de rousseur, des sourires francs.

Parmi nous, certains roulaient un chapelet entre leurs doigts ou palpaient l'étoile de David accrochée à leur cou. D'autres lisaient des livres, les yeux cachés derrière de petites lunettes cerclées de fer, tels les personnages fébriles et coupables de Dostoïevski. J'ai entendu des idiomes inintelligibles, des prières inconnues.

À l'évidence, il y avait là des jeunes gens en quête d'un avenir enfin rayonnant, des familles qui rejoignaient le pionnier qui les avait précédées, des miséreux à qui on avait fait miroiter des jours meilleurs, des forçats à qui on avait raconté le pays de la Liberté, des enragés et des utopistes. Des gens ordinaires, avec un rêve extraordinaire.

Cependant, dans ces toutes premières heures, que savions-nous vraiment de ce que nous allions trouver ? Rien, ou presque. Nous faisions confiance à un lointain écho, adressé depuis l'autre côté de l'Atlantique, à une clameur flatteuse. D'aucuns possédaient des témoignages, relisaient inlassablement des lettres, contemplaient des photographies en noir et blanc, pour autant leur pari demeurait incertain. D'autres, comme moi, s'étaient renseignés dans les journaux mais l'information peut quelquefois n'être que de la propagande. Au fond, nous étions des joueurs. Des joueurs sans fortune. N'ayant rien d'autre à miser que notre propre vie. Mais à qui on assurait qu'il se trouverait là-bas des personnes intéressées par une telle mise.

Au deuxième jour, nous avons commencé à prendre nos quartiers. À heures fixes, on nous distribuait de l'eau, du pain, un peu de beurre, du lard, du hareng, quelques légumes, des pommes de terre. La nourriture était frugale mais nous nous en contentions. Je n'ai pas entendu de plainte, de récrimination. Comme si chacun était encore ébahi de se trouver à bord, soulagé de ne pas avoir été refoulé, émerveillé d'être en route pour l'Eldorado. Comme si une faveur nous avait été consentie alors que nous avions simplement acquitté le prix, élevé, d'un ticket. Cela pouvait paraître étrange, pareille soumission aux circonstances, pareille discipline, mais l'explication en est fort simple et vient de loin : ce peuple en exil avait l'habitude depuis toujours de courber l'échine. Le caractère hors du commun, insolite, miraculeux de la traversée maritime a fait le reste.

Parmi les passagers de la cabine à laquelle j'avais été affecté, j'ai fait la connaissance d'un grand jeune homme triste : Paul-Marie Solignac. Je n'ai pas oublié son nom. Je n'ai pas oublié sa tristesse non plus. Elle était, du reste, la raison de son voyage : il fuyait un chagrin d'amour. Je me suis senti immédiatement avec lui une fraternité.

Apercevant sur lui la brûlure des séparations et la morsure du manque, j'ai repensé à la phrase de la femme rousse, au buffet de la gare d'Évreux : « Les jolis garçons ne devraient jamais être tristes. »

Quand il s'est rapproché de moi, je l'ai accueilli, sans le juger. Et je suppose que ma discrétion lui a plu. Entre nous, une connivence s'est inventée, faite de peu de mots, de peu de gestes, de peu de promesses mais bien réelle cependant. C'était une connivence momentanée, dont nous pressentions qu'elle ne survivrait pas à la fin de notre périple mais cela ne l'empêchait pas d'être sincère, tangible. Elle serait sans ostentation, d'une parfaite simplicité et nous aiderait à traverser les jours en nous sentant moins seuls. À affronter les éventuelles épreuves qui nous attendaient, en nous serrant les coudes.

La tempête a frappé le quatrième soir. Un coup de tabac extravagant, épouvantable. Dans mes périples, j'avais affronté des orages gigantesques, des vents virulents, des pluies énormes, j'avais vu le ciel nocturne zébré d'éclairs, des arbres avaient été foudroyés à quelques mètres de moi mais là, il s'agissait d'autre chose. D'abord, c'était la première fois que je me trouvais impliqué dans pareille situation sans être sur la terre ferme. Les deux pieds sur le sol, j'aurais peut-être eu le sentiment d'être maître de mon destin. Là, rien ne dépendait de moi, tout dépendait de la machine, du combat mené par la machine contre la nature. Ensuite, la violence de l'assaut était proprement inimaginable. Le navire était sévèrement ballotté. Et je redoutais que cette masse d'acier ne se retourne sous les coups de boutoir de bourrasques brutales et répétées.

Rien ne nous avait préparés à ce déferlement. Enfermés dans notre cabine, nous n'avions pas remarqué que le ciel avait viré au gris, presque au noir et que des vents furieux s'étaient levés. Toutefois, il ne nous a pas fallu longtemps pour admettre que nous combattions un grain phénoménal. Les vents sont devenus des rafales, des trombes d'eau se sont déversées sur notre bâtiment, nous sommes entrés dans la tourmente. Contre notre hublot, des gerbes cognaient. Une annonce a été diffusée dans les haut-parleurs nous enjoignant de regagner nos habitacles ou d'y demeurer. Et moi, curieusement, je n'ai pas respecté cette impérieuse directive. Cela a été plus fort que moi : j'ai voulu *voir*. Ai-je songé que j'allais mourir et que je devais connaître l'ennemi qui allait m'abattre ? Ou tout simplement, ai-je été saisi d'une démence passagère, celle qui nous conduit au-devant du danger ? Tout cela est confus dans ma mémoire. Toujours est-il que, contre le flux des passagers affolés rejoignant leurs cabines, contre l'avis de Paul-Marie qui me conjurait de ne pas quitter notre cellule, je me suis dirigé vers l'entrepont. Dès le bas de l'escalier, j'ai aperçu le déferlement des vagues par-dessus bord. J'ai grimpé les marches. Arrivé au sommet, j'ai vu les planches du pont envahies par l'écume et le ciel noir saturé de fulgurations. Et là, il s'est produit une chose étrange et magnifique : devant ce spectacle, ce déchaînement, j'ai eu la conviction que nous allions nous en sortir, que le bateau ne se renverserait pas, qu'il tiendrait bon dans la tempête, que nous serions vivants à la fin. Et j'ai ri. Le visage inondé de pluie, j'ai ri. Voilà que, au beau milieu de cette apocalypse, j'étais revenu parmi les vivants. Cette pulsion de vie, je l'avais égarée depuis si longtemps.

Le ciel, le lendemain. Je dois dire cela : le ciel, le lendemain. Sans taches, sans le moindre nuage, comme s'il avait été lavé de toutes les impuretés. Et, dessiné dans le bleu parfait, un soleil énorme, presque insoutenable, qui aurait brûlé le regard. Une matinée de commencement du monde. Une naissance.

Les gens sont sortis peu à peu, craintifs encore, la tête enfoncée dans les épaules, les mains légèrement tremblantes. La confusion de la nuit était encore présente dans leur esprit. Ils avaient connu un dérangement considérable. Surtout, ils éprouvaient le sentiment d'être passés tellement près de la mort. Et on ne revient pas si facilement d'une frayeur comme celle-ci. Oui, certains d'entre eux avaient cru leur dernière heure arrivée. Ils avaient formulé des prières, serré leurs enfants contre eux, sangloté. Soudain, ils avaient regretté de s'être engagés dans un tel périple, vu défiler les images de leur existence et prononcé un au revoir muet en direction de ceux qui apprendraient bientôt leur disparition en mer. Il en était même qui avaient demandé pardon. Cependant, ils avaient survécu, miraculeusement survécu. La mort n'avait pas voulu d'eux, elle les avait évités pour cette fois, elle était allée en chercher d'autres, ailleurs. Il leur restait le souvenir de leur terreur, qui met du temps à s'effacer. J'ai vu défiler devant moi une armée de zombies, un cheptel de fantômes, étonnés d'être encore de ce monde, des femmes hagardes qui se signaient, des hommes dignes évaluant les dégâts, des enfants joyeux improvisant une sarabande. Et puis Paul-Marie m'a serré dans ses bras, dans une étreinte fugitive.

Ce jour-là, au cœur de l'après-midi, sans que rien ne le laisse prévoir, une jeune fille, d'à peine dix-huit ans, a été saisie de convulsions. Tout son corps s'est disloqué. Elle s'est mise à agiter ses bras en tous sens tandis que ses jambes dansaient une gigue satanique. De la bave est apparue à la commissure de ses lèvres. Ses yeux roulaient, on n'en apercevait plus que le blanc. Elle a menacé de se tuer, de se jeter depuis la passerelle et a été heureusement arrêtée par un voyageur qui se trouvait près d'elle. Elle a été aussitôt emmenée à l'infirmerie où le docteur a diagnostiqué un délire passager. Il paraît que ce genre de crise n'est pas rare. Et qu'elle frappe en premier lieu ceux qui n'en peuvent plus de la mer, de la mer à perte de vue. Ce syndrome, très spectaculaire, porte un nom, que je n'ai pas consigné. Je veux bien admettre que la mer peut rendre fou. Que cette étendue dont tout à coup on n'envisage plus la fin peut faire perdre la raison. Cette immensité a quelque chose d'effrayant car, paradoxalement, elle procure la sensation d'un enfermement. Mais s'agissant de la jeune fille, j'ai la conviction que son hystérie n'était pas due à une hallucination, ou à une obsession : elle était, j'en suis persuadé, la manifestation d'une mémoire douloureuse, endommagée à jamais.

J'avais déjà entendu parler de pareil délire. Arthur m'avait raconté qu'un homme, un jour, emmuré à ses côtés dans une tranchée, avec pour seul horizon la ligne ennemie, la frontière fumante entre le Bien et le Mal, avait été victime d'apparitions, de chimères. Il s'était mis à divaguer. Avec de grands gestes désordonnés, il avait tenté de faire fuir les visions qui l'assaillaient. La bave lui était venue et ses yeux avaient jailli de ses orbites. Il avait fallu l'empêcher d'aller se balancer dans les fils barbelés au sortir de la tranchée. On l'avait rattrapé à temps et jeté à terre pour le maîtriser. Revenu à lui, il avait seulement dit : la mort nous frôle de trop près.

Pendant deux journées, le calme a régné à bord. L'océan a été paisible. Une mer d'huile, aux reflets d'or, s'est offerte à nous, imperturbable. Le vaisseau a glissé sur l'eau, il s'est fondu dans le couchant, a poursuivi sa route dans la clarté retrouvée. Sa puissance et sa détermination avaient quelque chose d'impressionnant. Nous n'étions plus transportés mais emportés. Nous n'étions plus des êtres soumis mais des conquérants. Nous nous sentions en confiance avec la machine, qui avait triomphé du pire, et qui, par conséquent, nous mènerait forcément à bon port. Il ne pouvait rien nous arriver, nous étions protégés par une bonne étoile. L'écume laissée derrière nous figurait une traînée céleste. Le rêve américain nous était accessible. La terre promise se rapprochait. À progresser aussi aisément sur les flots, nous avons fini par nous croire invincibles.

Le répit, hélas, aura été de courte durée. La parenthèse enchantée allait se refermer. Au septième jour, la maladie a fait son apparition sur le bateau. Au même moment, on a vu des enfants aux joues brûlantes, aux yeux enfiévrés. Les plus petits hurlaient sans discontinuer, leurs pleurs s'achevaient en spasmes avant de repartir de plus belle. Les autres étaient couverts de rougeurs et se grattaient jusqu'au sang, ajoutant à la purulence. Rapidement, une épidémie de rougeole a été diagnostiquée et les médecins ont décidé dans l'urgence une quarantaine. On m'avait parlé de ces affections que provoque la promiscuité : les poux étaient légion et sautaient de tignasse en tignasse, la variole avait causé de nombreux décès au cours d'une traversée identique de l'Atlantique quelques semaines plus tôt, mais nous espérions secrètement être épargnés. Il fallut nous y résoudre : nous ne couperions pas à ce désagrément.

Très vite s'est répandue la psychose de la contagion et les rumeurs les plus folles ont couru. Des informations alarmantes étaient véhiculées, sans que quiconque puisse en interrompre la chaîne. Elles renforçaient les angoisses et faisaient de l'autre, de tous les autres, un ennemi potentiel. On est impuissant face aux élans paranoïaques, face à la crainte de la maladie. Et, dans le même temps, on devine qu'aucun cordon sanitaire ne sera assez puissant pour empêcher les virus, les microbes de se déplacer, de prospérer. Une affliction générale s'est emparée du navire. Elle a connu son paroxysme et amorcé sa décrue avec un événement hélas prévisible, dont le caractère injuste nous a frappés de stupeur, réduits au silence et conduits à la solidarité : un bébé est mort.

L'enfant a été emporté par la fièvre aux premières heures du matin, après une nuit terrible. Rien n'y a fait, ni les serviettes glacées apposées sur son petit front, sans relâche, par une mère qui n'aura pas quitté son chevet, ni les remèdes dispensés par le médecin de bord, ni l'attention portée par des infirmières dévouées. On aura cherché en vain à calmer le mal : sans doute avait-il accompli son chemin avant d'être décelé : sans doute était-il trop tard quand on a commencé à agir. Tout à coup, le corps minuscule, secoué de convulsions, transi de fatigue a perdu son combat. Le cœur a lâché, après une ultime saccade. Les pleurs ont cessé et les yeux ont perdu de leur éclat en une seconde. C'était fini. La mère a hurlé, telle une bête blessée. Il a fallu la force d'un homme pour la maintenir contre la cloison de la cabine. Elle s'est finalement effondrée. La nouvelle du décès s'est propagée et tous les passagers ont plongé dans une tristesse profonde et sont convenus, sans se donner le mot pourtant, de ne plus se plaindre de leur sort, de ne plus avoir peur.

Le lendemain, une cérémonie discrète s'est tenue, en la seule présence du père, de la mère et du capitaine du navire. Je ne sais rien de cet office religieux, je n'ai pas entendu les paroles du prêtre, j'ignore même si l'on a eu le moyen de confectionner un cercueil. Existe-t-il des cercueils d'une aussi petite taille ? Je n'ai pas cherché à imaginer le chagrin énorme et le recueillement. Cependant, parce qu'on n'échappe jamais tout à fait à son passé, je me suis souvenu d'autres cérémonies funèbres, déchirantes. D'hommages sobres et brefs. De discours convenus, désincarnés à force d'être répétés. De sonneries aux morts, dans le matin fumant. De salves de fusil pour accompagner l'ultime départ. Arthur m'avait expliqué qu'on enterrait les dépouilles à la hâte, puisque les conscrits n'avaient pas le temps de s'attarder, et parce qu'il ne fallait pas démoraliser les troupes. Il avait oublié les noms, ce n'étaient pourtant pas des morts anonymes mais le nombre les mélangeait tous, les confondait tous. La mort, quand elle est collective, finit par ne plus exister. L'enfant vaincu, lui, la ramenait brusquement à sa dimension individuelle.

Le corps jeté à la mer ne devait pas peser bien lourd. Mais n'a-t-il pas, le temps d'un deuil éclatant, pesé autant que la masse des cadavres des soldats tués ?

La vie a repris à bord parce que la vie reprend toujours, paraît-il. Nous filions vers notre destination. À mesure que le paquebot s'est rapproché des côtes américaines, une fébrilité est apparue, éminemment palpable. Bien sûr, elle était la manifestation d'une excitation. Enfin, nous touchions au but. Nous allions débarquer, poser le pied sur une terre neuve et entamer une autre existence. Mais cette fébrilité était aussi un signe de nervosité, d'inquiétude. Certains d'entre nous redoutaient d'être refoulés. J'étais de ceux-là. Des histoires nous avaient été rapportées, on racontait que certains émigrants avaient été refusés par les autorités, qu'ils avaient dû effectuer le voyage en sens inverse, qu'on les avait renvoyés chez eux. Il s'agissait d'une minorité mais ces cas étaient avérés. Paul-Marie me rassurait en me répétant qu'il n'y avait aucun motif pour me dénier la faculté de franchir la frontière, mais ses raisonnements affectueux échouaient contre une frayeur irrationnelle, presque enfantine. Sans doute était-ce cette vieille angoisse, celle de déplaire. Ou bien la hantise d'une injustice. Je connaissais en tout cas des moments d'affolement muet, des sueurs froides. Pour moi, il était hors de question de rentrer. Non, je ne voulais plus rentrer, plus jamais.

J'en étais là, de mes espoirs et de mes affres, quand la vision s'est formée. Celle du phare, dont la flamme m'a foudroyé de loin. C'était la fin de l'après-midi, à l'heure où la lumière faiblit, où le gris l'emporte sur la clarté. Cette lueur presque fantasmatique a troué la grisaille et ses flashes ont ressemblé à un appel, à une invitation. J'ai vu le rai devenir peu à peu plus net et les éclairs intermittents se faire plus aveuglants, je n'ai pas été le seul. Très vite, une clameur s'est fait entendre. De partout, les gens ont accouru sur les passerelles et les exclamations ont jailli. Des éclats de voix se sont répandus en écho. C'étaient des cris de surprise, des cris de joie, des émerveillements, l'expression d'un soulagement. Des passagers se sont mis à danser une sorte de carmagnole, on aurait dit des Italiens, certains se sont embrassés à s'étouffer, d'autres se sont signés en remerciant un dieu quelconque, en jetant dans l'air du soir des alléluias. Beaucoup ont pleuré, incapables de contenir leur émotion, de comprimer davantage leur agitation intérieure. Des applaudissements ont fusé, entrecoupés d'interjections incompréhensibles et de remerciements anticipés. Un joyeux vacarme s'est installé, tandis que le personnel navigant demeurait en retrait : les marins devaient avoir l'habitude de ce genre d'épanchements, de ce tohu-bohu.

J'avais les yeux qui brillaient et brûlaient à la fois. L'épuisement du voyage y était pour quelque chose, assurément. Mais la vérité, c'est que je connaissais un embrasement intime, une ivresse mêlée de fragilité. En cela, je ressemblais à tous mes compagnons. Oui, tout à coup, nous avions tous le même visage. La même ferveur. Nous étions subitement devenus, à la faveur de cette révélation, un homme unique, l'homme en exil, mû par le rêve américain, transi de froid et d'espoir.

Au fond de moi, je me doutais que les lendemains ne tiendraient pas toutes leurs promesses, que certains d'entre nous resteraient sur le bas-côté, que des déconvenues et des difficultés étaient inévitables, mais en cet instant, ces perspectives étaient sans importance. Ce qui comptait, c'était cette lumière intermittente, reliée à la terre ferme, là-bas, plus près, qui nous disait : « Viens. Viens, je t'attends. »

Tous, nous nous sommes hissés sur la pointe des pieds, nous avons tordu le cou, ajusté le regard pour tenter d'apercevoir la statue de la Liberté. On nous en avait tant parlé. Elle était ce symbole qui nous avait fait nous délester de notre passé, prendre tous les risques, parcourir des milliers de kilomètres. Peu à peu, nous l'avons vue émerger de la brume. L'équipage a alors braqué les projecteurs sur elle et elle nous a été offerte à la manière d'une apparition. Oui, disons-le, il y avait quelque chose de sacré, de mystique dans cet avènement. Je n'ai jamais vraiment été certain du sens du mot « épiphanie », mais je crois pourtant qu'il convient assez bien à ce qui s'est produit, à cet instant précis, un soir de novembre 1919.

Tout de même, ici ou là, une déception légère s'est exprimée. « C'est seulement ça ? C'est seulement ça, la statue de la Liberté ? Elle n'est pas si grande. Pas si impressionnante. Notre paquebot a des proportions bien plus imposantes. » Mais ce bémol a vite été recouvert par l'enthousiasme général. J'ai moi-même participé à l'allégresse sans nuance. J'étais heureux. Depuis combien de temps ne l'avais-je pas été ?

Nous étions donc arrivés à bon port. Il était temps pour moi de récupérer mon bagage, de quitter la cabine où je venais de passer douze nuits, de saluer mes camarades avant de les perdre dans la foule, de leur souhaiter bonne chance, de les entendre me souhaiter la même chose, en un serrement de main viril puis de faire la queue pour descendre sur le quai. Avec Paul-Marie, bien sûr, la séparation a été empreinte d'une certaine émotion. Nous n'étions pas des amis, nous n'allions pas nous revoir, nous le devinions. Seulement voilà, nous avions partagé un moment unique, une aventure singulière, des sentiments identiques qu'il nous serait sans doute impossible de raconter aux autres, à ceux qui n'avaient pas vécu cela. J'ai tenu longuement sa main dans la mienne avant de l'attirer contre moi et de l'embrasser. Notre fraternité n'avait duré que douze jours mais elle avait existé, nous en emportions le souvenir. J'ai quitté la cabine avant lui, mon sac en toile de jute en bandoulière.

J'ai piétiné longtemps avant d'accéder à la rampe de sortie. J'étais exaspéré par la lenteur et le désordre mais tâchais de prendre mon mal en patience. À côté de moi, une femme souriait, sans parvenir à effacer son sourire. On sentait chez elle une forme de béatitude. Cela m'a calmé. Au vol, j'ai surpris des œillades appuyées qui racontaient sans fioritures un destin commun. Après plus d'une heure de cohue, j'ai enfin réussi à franchir la passerelle et à fouler le sol américain. J'ai pensé : me voici à Ellis Island, seuil du Nouveau Monde.

J'ai pénétré dans le grand hall d'enregistrement, aux dimensions d'un entrepôt. J'ai alors pensé à tous ceux qui étaient entrés là, avant moi, depuis plus d'un quart de siècle, à toux ceux, irlandais, allemands, russes, italiens, turcs, hollandais, hongrois, suédois, qui s'étaient avancés dans la solennité et l'ébahissement. J'ai imaginé la cohorte de ceux qui m'avaient précédé et dont je prolongeais l'histoire. À la chaîne ininterrompue des exilés, en quête d'un territoire où se sentir chez eux enfin. Une émotion m'a saisi, que j'ai réprimée en posant ma main sur ma bouche.

Des bancs de bois étaient alignés, où on nous a fait asseoir. J'ai relevé la tête et contemplé le drapeau étoilé, je crois bien que c'était la première fois. Autour, il y avait des dizaines de salles, des corridors, l'endroit ressemblait à un labyrinthe. La foule des voyageurs avec leurs valises, leurs manteaux, leurs formulaires à la main ajoutait à l'impression de pagaille et de gigantisme. Un policier nous a expliqué qu'on allait procéder à notre enregistrement. Ou plutôt j'ai déduit que c'est cela qui nous attendait puisque, à l'époque, je ne parlais pratiquement pas un mot d'anglais.

D'abord, il a fallu se soumettre à la visite médicale. Un médecin, qui m'a semblé très âgé, vêtu d'une blouse plus grise que blanche, m'a inspecté les yeux sans ménagement. Et puis la langue, les dents, les aisselles, les muscles. Il ne m'a pas adressé la parole. Ses gestes étaient mécaniques, automatiques. À l'évidence, il les répétait inlassablement, sans prêter attention à son vis-à-vis. J'ai eu pendant quelques minutes la sensation d'être du bétail mais j'avais décidé de ne me plaindre de rien et de me plier sans barguigner à tous les examens et interrogatoires. Cette inspection humiliante, je l'ai finalement passée avec succès. J'étais en bonne santé, on n'avait rien détecté, pas de tuberculose, pas de claudication, j'étais apte. J'ai remarqué que d'autres n'avaient pas ma chance : ils étaient marqués, mis à l'écart, emmenés dans une pièce annexe. Que sont-ils devenus, ceux-là ?

Ensuite, j'ai été conduit jusqu'à un réfectoire où l'on m'a donné de quoi me sustenter. Je me rappelle l'odeur de graisse recuite, la lassitude de la femme qui m'a servi, les tablées interminables, le bruit de la ferraille qui cogne contre les assiettes, un peuple affamé qui dévore, la peur de manquer.

Puis j'ai regagné mon banc et commencé à attendre. J'ignorais que l'attente serait si longue. J'ai fini par sortir mon carnet et par y noter ce qui s'offrait à moi. La fatigue, la fièvre, l'anxiété, la tension. Les conversations chuchotées, les soupirs, les toux tenaces. Les visages ensommeillés, les traits tirés, les costumes fripés, les fichus roulés en boule entre des mains noueuses, les enfants couchés n'importe comment en travers des bagages. Le parfum étrange de la désinfection mélangé à celui de la sueur. Tout à coup, le périple prenait une allure misérable. Les aventuriers étaient épuisés. À l'aube d'une nouvelle existence, nous paraissions en bout de course.

Dans ce fatras, tout de même, un éclat de grâce : la beauté fracassante d'un jeune homme endormi.

Il faut reconnaître que l'entre-deux dans lequel nous nous trouvions ne favorisait guère l'allégresse. Certes, nous étions à quelques encablures du bonheur, c'était là, à portée de regard, de l'autre côté de la baie, un ferry nous y amènerait, cela ne demanderait qu'une poignée de minutes et pourtant, le paradis nous était encore inaccessible, des formalités nous en séparaient, des formalités et le bon vouloir d'inspecteurs des douanes. Nous allions normalement franchir la porte de la liberté, nous touchions au but mais rien n'était encore certain, il restait une ultime étape, un dernier obstacle à sauter, sur lequel il était possible de trébucher. Nous avions tout laissé derrière nous, accepté le plus grand des dénuements, nous nous étions délestés de nos oripeaux mais, en cet instant, rien ne nous avait été donné en échange, nous n'avions décroché aucune timbale, nous étions encore les démunis. Nous avions ouvert un livre aux pages vierges mais une main anonyme était capable de le refermer, d'un coup sec.

Soudain, j'ai entendu mon nom résonner dans la salle d'attente. Je me suis levé, tel un somnambule, pour me diriger vers la pièce qui m'était désignée. On m'a fait asseoir devant un bureau. De l'autre côté se trouvaient deux hommes : un agent, habillé d'un uniforme bleu et un homme dont j'ai appris dans la foulée qu'il jouait le rôle d'interprète. L'agent m'a demandé de décliner mon identité, dans le but de vérifier l'exactitude des renseignements portés sur une fiche que j'avais préalablement remplie. Et puis les questions ont commencé, elles sont tombées en rafale, aussi mécaniques que les gestes du docteur un peu plus tôt. D'où venez-vous ? Où allez-vous ? Êtes-vous prisonnier, polygame, anarchiste, épileptique ? Combien d'argent avez-vous ? Avez-vous de la famille ici ? Vingt-neuf questions. Je ne les ai pas comptées sur le moment. C'est longtemps après que j'ai su que ces questions, toujours les mêmes, étaient au nombre de vingt-neuf.

L'inspecteur a également vérifié que je savais lire et écrire. L'interprète, constatant que je ne me débrouillais pas mal, a eu un mot gentil, le premier. Il a dit : « Vous avez reçu de l'instruction. » Il y avait, m'a-t-il semblé, un peu d'admiration, au moins de respect, dans sa remarque. Je n'ai pas jugé utile de la relever. Je l'ai fixé sans prononcer le moindre mot. L'entretien était terminé. S'est produit alors le geste décisif, celui qui a changé radicalement le cours de mon existence : l'inspecteur a tamponné mon visa et m'a lancé : « Bienvenue aux États-Unis. » Je n'étais plus un émigrant, j'étais désormais un immigrant.

Au moment où je me suis levé pour repartir, l'interprète m'a interpellé. Il m'a lancé : « Votre nom. Vous êtes certain de vouloir conserver votre nom ? Il est très français. C'est plus facile en Amérique de porter un nom américain. » Je l'ai observé, je n'avais jamais songé à cela, jamais imaginé qu'on me proposerait un changement d'identité. La logique aurait voulu que j'acceptasse sa proposition. Ainsi, j'aurais fait table rase du passé mais curieusement, sans doute parce que j'en avais assez des formalités et de l'attente, j'ai décliné son invitation. Je le regrette. Car c'est ce refus qui a permis qu'on retrouve ma trace.

Tandis que je me dirigeais vers le dernier guichet, celui où on m'avait indiqué qu'on échangerait mes francs contre des dollars, un homme a épinglé un ticket sur mon veston. C'était mon sésame pour New York. Je l'ai observé du coin de l'œil sans oser le décrocher, ni même le toucher. Parfois, notre existence tient sur un bout de papier. La mienne avait bien bifurqué le jour où Blanche Valès avait reçu ce courrier de l'armée lui annonçant la mort de son fils, ma crucifixion.

Derrière la vitre, se tenait une jeune femme aux yeux verts, dont la chevelure rousse dégringolait en grosses boucles. Son front, ses joues, son nez étaient constellés de taches de rousseur. Elle ne devait pas avoir vingt ans. J'ignore pourquoi son apparence s'est inscrite aussi précisément et aussi durablement dans ma mémoire. Ses gestes à elle aussi étaient mécaniques. Récupérer l'argent étranger qu'on lui tendait, le convertir, fournir les billets verts supposés faire le compte, demander que le suivant se présente et ainsi de suite. Pas de répit. Pas de place pour les sentiments. Alors pourquoi m'a-t-elle souri ? Car elle m'a souri, je le jure. D'un sourire bref et désabusé, mais quand même. Je suis resté figé devant son sourire, ne sachant quoi en faire. L'homme dans la file d'attente derrière moi a manifesté son impatience. J'ai dû céder ma place. Entretemps, le sourire s'était évaporé.

Je suis sorti dans l'air maritime. Le soir était tombé. Un ferry était stationné là, qui nous emmènerait vers la terre ferme, dès qu'il compterait des passagers en nombre suffisant. Je me suis approché du quai d'embarcation pour contempler les lumières de Manhattan. Je distinguais seulement une masse sombre ponctuée de lueurs comme des ampoules de Noël qu'on aurait reliées en une gigantesque et tortueuse guirlande. Même à distance, les immeubles figuraient des géants immobiles, dont le toit formait parfois une pointe fluorescente. Je voyais pour la première fois des constructions de cette taille. Quelques enseignes clignotaient, que je ne parvenais pas à déchiffrer. La ville, malgré l'obscurité relative, paraissait en éveil. J'ignorais encore que New York ne dort jamais.

Les eaux de l'Hudson miroitaient. S'y reflétaient les illuminations toutes proches. Le fleuve était puissant, ample, majestueux. Sa noirceur avait quelque chose de dangereux, c'était un danger fantasmatique mais je n'ai jamais eu peur des fleuves. Au contraire, ils me rassurent. Celui-là m'a tout de suite été familier, et amical. J'allais le traverser, nous allions faire connaissance, lui et moi.

J'ai allumé une cigarette et je me suis retourné, m'adossant à la barrière, pour détailler la façade de Castle Garden et jeter un coup d'œil aux alentours. Enveloppé de nuit, l'endroit était moins impressionnant. Presque ordinaire. Au fond, Ellis Island, qui m'avait tant fait rêver, n'était qu'un îlot minuscule. Et surtout et avant tout un centre administratif de tri et de dispersion. C'est sans doute pour cette raison que je n'y suis jamais revenu. J'ai tiré sur ma cigarette, la cendre a rougi, je me sentais bien.

Au signal, j'ai grimpé dans le ferry. Rejoint ceux de mes compagnons qui avaient triomphé des formalités d'entrée dans les mêmes délais que moi. Reconnu un visage ou deux, mais sans m'appesantir. Je n'avais pas envie de parler, d'établir un contact. Du reste, nous étions presque tous muets. Comme si le recueillement s'imposait. Ou comme si la fatigue l'emportait. Il y a autre chose : cette fois, nous étions vraiment au commencement de l'aventure. Il n'était plus temps d'espérer ni de rêver. Il était question d'agir, de faire. Je me suis ancré dans mon isolement, à la manière d'un boxeur se préparant à monter sur le ring.

D'une rive à l'autre, la traversée ne dure pas longtemps. Lorsque j'ai finalement débarqué, j'ai humé l'air, il était frais, cinglait mes joues, j'ai relevé le col de mon veston, ajusté mon sac sur mon épaule et je me suis enfoncé dans la nuit.

J'ai rapidement déniché une chambre dans le Lower East Side, là où s'entassaient les migrants les plus pauvres, ceux qui n'avaient rien ou presque pour débuter, ceux qui acceptaient sans discuter d'habiter des taudis, des réduits au sein d'immeubles délabrés, de partager des pièces souvent insalubres avec des familles entières. Oui, je suis allé là, dans ces rues infectes où courait de la marmaille, où dormaient ceux qui ne pouvaient même pas se payer à manger, où la puanteur régnait. L'Amérique nous avait accueillis mais elle n'en ferait pas davantage, c'était à nous de nous débrouiller. Je ne songeais pas à me plaindre de mon sort. Après tout, j'avais voulu ce qui m'arrivait, et envisagé que ce serait difficile. Jamais ce dénuement ne m'a fait regretter le temps d'avant. Il est plus aisé de n'avoir rien que de n'être rien.

Et puis, sans m'en rendre compte, je devenais américain. Je veux dire par là que j'adhérais aux valeurs de ce pays qui m'avait ouvert les bras, assumant qu'il me revenait de conquérir mon avenir, de trouver ma place, de sortir de la mouise. Tout dépendait de moi. On m'avait offert une opportunité, celle d'un nouveau départ. Il me revenait de la saisir.

Je dois confesser que les premières semaines ont été épouvantables. Impossible de dégoter un travail : ma méconnaissance de la langue constituait un obstacle insurmontable. Mais la plupart du temps, la vraie raison était ailleurs : on me préférait d'autres émigrants, réputés plus durs à la tâche, plus résistants. Les Irlandais et les Russes, par exemple, avaient meilleure réputation que les Français. On les recrutait en premier. Mais surtout, ils étaient venus plus nombreux, ils formaient déjà une communauté, les plus anciens donnaient donc la main aux plus jeunes, un coup de pouce quand un emploi était vacant. Une solidarité s'organisait, fondée sur les origines. Elle me semblait logique. À leur place, j'aurais fait pareil.

Pourtant, je n'étais guère exigeant. J'aurais accepté tous les métiers. Du reste, j'ai fini par prendre le premier qui s'est présenté.

Dans cette période de doute, où l'espoir s'amenuisait, où mes économies fondaient comme neige au soleil, j'ai songé à quitter New

York. Les chemins de fer recrutaient, on posait des rails un peu partout, c'était peut-être ça, la solution. Dans les plantations du Sud, qui avaient si mauvaise réputation, on cherchait des ouvriers agricoles. J'aurais pu me rendre en Louisiane où l'on parlait ma langue maternelle ou quelque chose qui y ressemblait, j'y aurais retrouvé sans doute des compatriotes. Dans le Middle West, des fermes manquaient de métayers, des lopins de terre ne demandaient qu'à être cultivés. Pourtant, malgré le découragement qui pointait, je ne suis pas parti.

Il m'a fallu plusieurs années pour comprendre ce refus têtu de tenter ma chance ailleurs. La vérité, c'est que je me sentais chez moi à New York. J'étais hypnotisé par cette ville mais ce n'était pas seulement une question de fascination : c'était une histoire d'appartenance. Ma place était là. Je le savais de toutes mes fibres. Mon exil était achevé. C'est là que la vie recommencerait.

À New York, il y a le monde. Puisque le monde vient à New York. Des Polonais, des Suédois, des Ukrainiens, des Turcs, des Italiens. Et des Allemands. Oui, des Allemands aussi. Après tout, certains ont également eu envie de se débarrasser de leurs mauvais souvenirs comme on laisse un bagage à la consigne d'une gare. Eux aussi ont cherché la paix, un nouvel équilibre.

Plusieurs familles venues de Hambourg habitaient l'East Side. Les hommes de ces familles, visiblement touchés par ma solitude et ma détermination, m'ont peu à peu pris sous leur aile, offert leur protection sans rien attendre en retour. Dans un étrange paradoxe, ce sont donc nos anciens ennemis, ceux qui avaient tué Arthur, qui ont dessiné mon avenir.

À Brooklyn, ils étaient employés dans une usine qui cherchait de la main-d'œuvre. Ils ont assuré à leur contremaître que je ferais l'affaire et celui-ci, qui faisait confiance à des travailleurs si disciplinés et efficaces, les a crus. C'est ainsi que je suis devenu ouvrier métallurgiste. Je me suis mis à travailler six jours sur sept, quatorze heures par jour.

On ne me croira peut-être pas et pourtant, c'est vrai. Oui, moi, l'ancien jeune homme des beaux quartiers de Paris, le garçon à particule, le fils de famille, l'angelot aux yeux verts et à la peau de fille, j'ai appris à travailler le fer. Et mes chefs ne se sont pas plaints de moi.

Peu à peu, grâce à ce nouveau travail et à ces nouveaux comparses, j'ai pu me poser et trouver mes repères. J'ai appris à mieux connaître le quartier, son architecture, ses méandres, ses détours, ses odeurs, ses coutumes, ses rites, son agitation. Appris à effectuer mécaniquement le trajet aller et retour qui séparait mon logement de l'usine, tel un somnambule. Appris les visages des gens sur mon passage : ceux des commerçants qui levaient les rideaux de leurs boutiques, installaient leurs étals sur les trottoirs ; ceux des autochtones, qui vaquaient à leurs occupations, traînaient au fil des rues ; ceux des enfants apprenant à jouer au base-ball avec des battes improvisées et des balles confectionnées de bric et de broc ; ceux des vieillards qui en avaient tant vu et ne disaient rien ; ceux des cireurs de chaussures et des crieurs de rues, des vendeurs de journaux et des musiciens de pacotille ; ceux des voyous, vivant de menus larcins et qu'on ne dénonçait jamais tant qu'ils nous laissaient tranquilles ; ceux des policiers en uniforme, déambulant par deux et fermant les yeux sur les trafics puisqu'ils ne les ouvraient pas sur la pauvreté ; ceux des ouvriers qui gagnaient l'argent du ménage et rentraient fatigués ; ceux des femmes qui les accueillaient, compréhensives et aimantes, puisqu'il me semble qu'il y avait de l'amour malgré tout.

Avec mes premiers salaires, au bout de quelques mois, j'aurais pu envisager de déménager, choisir un quartier mieux famé, moins bruyant, moins sale. Pourtant, je suis resté dans le Lower East Side. Par paresse, probablement, je ne me voyais pas entreprendre de nouvelles recherches, inventer de nouvelles habitudes. Par sentimentalisme, je n'avais pas envie de dissoudre ces liens patiemment noués. Je m'étais accoutumé à cet environnement, même s'il n'était pas ragoûtant. La puanteur ne me dérangeait même plus. Et puis, je voulais croire que je n'étais pas tombé là par hasard.

Je me suis familiarisé avec l'anglais. Au point de savoir tenir une conversation. Surtout, j'ai cessé absolument de parler français. J'ai rompu avec ma langue, après avoir rompu avec ma terre.

En revanche, je n'ai rejoint aucune Église. Autour de moi, il y avait des catholiques, des protestants, des juifs. Leur foi les aidait à tenir dans l'adversité, ou à s'étreindre dans l'amour. Moi, j'avais eu la foi, un jour mais je l'avais perdue. La mort injuste, inutile, inintelligible, inacceptable d'un seul homme m'avait détourné de Dieu, de l'idée même de Dieu. Je ne suis pas revenu vers Lui.

Et la chair, me direz-vous ? Oui, la chair. Eh bien, j'ai fait comme j'ai pu. Découvrant le corps féminin pour la première fois dans un bordel, à l'instar de Marcel, aussi effrayé que lui sans doute, aussi conscient de ne pas être à ma place, accablé par l'épouvantable vulgarité, révulsé par ce commerce qui transformait des jeunes filles en marchandises, dérangé par les parfums capiteux et la transpiration des hommes, ballotté et passif entre des mains expertes, convaincu que les regards langoureux qu'on m'adressait n'étaient que des leurres, des habitudes, des réflexes, tentant de deviner comment il fallait s'y prendre et me montrant maladroit, lamentable, trouvant un plaisir misérable et repartant, piteux, sans demander mon reste, ayant compris que cette comédie n'était pas pour moi, que j'étais décidément perdu pour les femmes.

Ensuite, il y a eu un homme de la fabrique, un ouvrier polonais d'une quarantaine d'années, qui m'a entraîné et que j'ai suivi sans résistance. Je suis devenu sa chose, son jouet, j'étais un enfant de nouveau entre ses grosses mains calleuses, ses bras puissants, et sous ses coups de boutoir. J'aurais dû refuser cette soumission, cette humiliation, mais je confesse que j'y trouvais mon compte : c'étaient des étreintes violentes qui me réduisaient en bouillie et cela me plaisait. Je n'avais pas à réfléchir, simplement à obéir et je ne réclamais rien d'autre. Piotr est mort décapité, un matin, par sa machine. Sa tête a roulé dans la sciure. Nos chefs n'ont pas arrêté la chaîne des hommes pour autant. Seuls comptaient la cadence, la production, le rendement. Il n'y avait pas de place pour les sentiments, les contingences. Je me rappelle le regard aveugle de Piotr dans la mort : j'y ai lu une douceur que je n'avais jamais aperçue auparavant.

Les autres (ils n'ont pas été si nombreux), je ne sais plus rien d'eux. Je me suis employé à les effacer de ma mémoire. Ainsi, j'ai évité tous les attachements, je n'ai jamais été effleuré par l'amour. Il ne subsiste que des morceaux de souvenir : une veine gonflée le long d'un bras, des gouttes perlant à une aisselle, des cheveux noir corbeau tombant dans des yeux bleus, une peau cuivrée, des lunettes d'instituteur posées sur une table de nuit, un air joué par un saxophoniste tout nu dans l'embrasure d'une fenêtre, des soupirs, des mots sales hurlés en italien, un parfum de vanille, presque rien.

Le seul qui soit demeuré intact, c'est Arthur évidemment. Aujourd'hui encore, sept années après sa disparition, alors que notre histoire n'a duré que sept jours, je pourrais décrire sans me tromper chaque parcelle de son corps, raconter chacun de ses gestes, restituer chacun de ses aveux, dire chacun de ses gémissements.

Les années ont passé. C'étaient celles de la prospérité, un véritable âge d'or. L'Amérique, épargnée par l'âpreté des combats, le déversement des bombes, le saccage et les massacres, avait soif de gloire et de rayonnement, et rien n'entravait sa marche en avant. Les Américains, animés par le désir de bâtir et de grandir, étaient convaincus de vivre un moment unique. Et, même si leur optimisme leur faisait facilement occulter le nombre des laissés-pour-compte, ils n'avaient pas tort.

À Manhattan, on construisait chaque jour de nouveaux gratte-ciel : ils se dressaient, altiers, dans un ciel pur. L'automobile, peu à peu, se démocratisait : elle envahissait les rues, des hommes se pavanaient à l'abri de carrosseries rutilantes. On écoutait la radio, qui délivrait des bulletins d'information et diffusait des musiques jamais entendues jusque-là, entraînantes et entêtantes. On allait au cinéma, les nouvelles idoles se nommaient Charlie Chaplin, Buster

Keaton, Mary Pickford ou Douglas Fairbanks. À Broadway, chaque soir, on donnait des comédies musicales et, dans des clubs enfumés, des musiciens possédés jouaient du jazz tandis que des danseuses lascives invitaient à boire. Partout, on sentait une effervescence créatrice, l'avènement d'une nouvelle ère.

Je ne veux pas masquer la réalité : ce bouillonnement n'avait pas fait disparaître les quartiers insalubres, ni rendu cent pour cent américains les immigrants, ni accordé une place aux Noirs, ni fait disparaître la peur des rouges ou des sans-Dieu, mais il aurait fallu être aveugle pour ne pas se rendre compte qu'on allait vers des jours meilleurs.

Je sais également que cette prospérité a eu ses revers, et notamment une criminalité galopante parce que les voyous, petits et grands, voulaient leur part du gâteau, ou encore une consommation effrénée d'alcool puisqu'il s'agissait de faire la fête pour se divertir d'un travail abrutissant. Ce sont, du reste, les ravages de l'ivresse qui ont abouti à la mise en place de la prohibition. Mais les restrictions drastiques n'ont fait que multiplier les distilleries clandestines, encourager la contrebande, inventer une pègre moderne, où les *bootleggers* s'entretuaient pour prendre le contrôle de pans entiers de la ville.

À la fin, pourtant, cela n'entamait guère le sentiment général que nous vivions des temps bénis.

Honnêtement, cela aurait pu durer longtemps. Et j'étais moi-même persuadé que ma vie se déploierait dans ce pays élu. J'ignorais que le passé allait finir par me rattraper.

Un jour, un homme s'est présenté et avant même qu'il n'ouvre la bouche et ne décline son identité, j'ai compris qui il était, et surtout pourquoi il se tenait là, devant moi. Sans doute devais-je deviner que ce moment finirait par arriver, qu'il était inéluctable. Je n'étais pas dérangé par cette perspective, hanté par cette probabilité, j'avais appris à vivre avec presque sans y penser. Néanmoins, cela demeurait dans un coin de ma tête, à la manière d'une tumeur inoffensive mais dont on pressent qu'un matin, elle pourrait se réveiller.

L'homme m'a parlé en français et je n'en ai pas été surpris. C'était la première fois que j'entendais des mots dans ma langue maternelle depuis des années. Ils m'ont semblé étranges, ces mots, pas seulement à cause de leur sonorité mais, évidemment, parce qu'ils avaient surgi d'un passé que je croyais avoir dominé, d'une existence que je pensais avoir effacée.

Je me suis demandé quel était son métier exact : détective, mercenaire, avocat. Il portait un costume de bonne coupe, élégant, sans ostentation. Il ne souriait pas, il était même parfaitement impassible. Pourtant, il aurait dû marquer le soulagement ou laisser échapper, même malgré lui, un air victorieux : sa quête prenait fin et elle avait forcément été longue et difficile. Plus d'une fois, il avait dû être découragé, tenté par le renoncement. Peut-être avait-il dit : je n'y arriverai pas, autant chercher une aiguille dans une botte de foin. Je l'imaginais sur mes traces, dans des villages italiens, des déserts africains, des désordres orientaux, sur des mers, au fil des saisons. Je l'imaginais, interrogeant d'éventuels témoins, se rendant aux cadastres, aux douanes, aux comptoirs, aux postes de police, montrant une photo, répétant mon nom. Je me suis demandé combien il avait été payé pour ce travail qui lui avait pris des années de sa vie. À coup sûr, il avait touché beaucoup d'argent. Seul l'argent pouvait justifier une telle persévérance.

En Amérique, ça avait dû être plus facile. Il y a des registres, on laisse beaucoup plus de traces. Et puis, surtout, j'avais cessé d'être un nomade, j'avais un logeur, un employeur, ce sont des gens qui parlent, j'étais donc devenu beaucoup plus commode à localiser. Et j'avais conservé ce délicieux nom français qui plaisait beaucoup à tous ceux qui s'essayaient à le prononcer. Vincent de L'Étoile. Oui, sur la fin, ça avait dû être plus facile.

Et maintenant, il était là, l'homme à mes trousses, sur le pas de ma porte. Sa mission allait s'achever, elle était accomplie. Il lui restait à me convaincre de le suivre. S'il y réussissait, on lui donnerait une prime supplémentaire. Je me suis souvenu de ces histoires de Far West où le chasseur empoche davantage de billets s'il ramène le méchant vivant plutôt que mort.

Aussi curieux que cela puisse paraître, je n'ai pas résisté. Il a dit : « Votre mère m'a chargé de vous ramener chez vous. Elle vous attend. Elle ne veut pas mourir avant de vous avoir revu. » J'ai simplement dit : « Et mon père ? » L'homme a répondu : « Il est mort voilà cinq ans. » C'est le nombre des années qui m'a surpris. J'ai dit : « Je vous suis. »

J'ai cherché une explication, vous savez. Une explication à mon abdication, à la rapidité avec laquelle j'ai rendu les armes. J'avais tant fait pour tuer le jeune Vincent, et, d'une certaine manière, j'y étais parvenu. Pourquoi accepter un tel retour en arrière ? Pourquoi accepter la résurgence des fantômes ? Il pourrait être commode de dire : au fond, cet exil n'était qu'une parenthèse, ou une embardée ; un jour, il convient de rentrer dans le droit chemin ; quelque chose comme ça.

Mais la vérité est ailleurs : je voulais vérifier si j'en étais *capable*.

Car il ne suffit pas de devenir un autre : il faut avoir le courage de devenir soi.

Livre Trois

« Le temps a passé sans moi... »

Ma mère a tellement changé. Je l'ai reconnue, bien sûr, mais aurais-je su qu'il s'agissait d'elle si je l'avais croisée fortuitement dans une rue, si je n'avais fait que l'apercevoir dans un instant où je ne m'y serais pas attendu ? Pourtant, une mère, c'est la personne qu'on reconnaît en toutes circonstances, celle qui demeure, quoi qu'il advienne, absolument identifiable, celle qu'on discerne au milieu d'une foule, qu'on distingue même de loin, celle qu'on ne peut confondre avec nulle autre, comme si la mémoire d'elle ne pouvait jamais s'effacer, comme s'il s'agissait d'une part de soi, indissoluble. Mais voilà, elle n'est plus la femme que j'ai laissée derrière moi, il y a sept années, cette femme-là a disparu, une autre a pris sa place. Ce n'est pas seulement à cause d'un vieillissement général, d'un affaissement prématuré, ce n'est pas à cause des rides qui désormais détruisent son visage, le lacèrent, ni à cause de cette lourdeur dans les hanches, cette lenteur dans la démarche – la métamorphose est spectaculaire –, non, il s'est, en réalité, produit une diffraction qui a tout modifié. L'allure n'est plus la même, le corps s'est tassé, rabougri, il a égaré son élan, même le regard s'est modifié, comme s'il s'était vitrifié, le sourire non plus n'est pas resté, on jurerait que la bouche s'est déformée. Tout l'ensemble est méconnaissable. Il en va ainsi, paraît-il, après des attaques du cœur, ou des congestions cérébrales. Cela provoque des paralysies partielles, des engourdissements, des hémiplégies. Cependant, ma mère n'a eu à souffrir aucun de ces assauts. Si elle est estropiée, presque infirme, je suppose que c'est à moi qu'elle le doit.

Elle m'attendait assise au salon, les mains sagement croisées sur ses cuisses, lorsque je suis revenu. Bêtement, j'imaginais qu'elle m'attendrait debout sur le seuil de la porte, les bras ouverts, mais elle a préféré une certaine solennité, presque une froideur, en tout cas une dignité. Je suppose qu'il importait pour elle de ne pas montrer un trop grand empressement, un pardon trop évident, et, de toute façon, les effusions n'ont jamais été dans sa manière. Il fallait ne pas sombrer dans la sensiblerie, ni dans l'ostentation, adopter une forme de retenue, de pudeur, et puis faire sentir que le ressentiment ne s'était pas tout à fait dissipé. Certes, elle m'avait fait rechercher sur tous les continents, elle avait payé des fortunes pour me récupérer, entendant ainsi démontrer qu'elle voulait mon retour, mais ce n'était pas le retour du fils prodigue, plutôt celui du rejeton impossible, celui qui avait déçu tellement d'espoirs, qui n'en avait fait qu'à sa tête, qui traînait un deuil innommable (véritablement innommable), celui qui avait plongé son père dans la stupeur, la colère et le chagrin. Tout de suite, j'ai compris qu'elle ne me demanderait pas de comptes mais que cette discrétion ne l'empêcherait pas d'avoir de la mémoire.

Je me suis approché d'elle, sans prononcer un mot, me suis penché vers son visage et j'ai déposé un baiser, un seul, sur sa joue. La peau a légèrement tressailli, comme si elle avait perdu depuis longtemps l'habitude du moindre contact. Ma mère s'est alors tournée dans ma direction et, dans ses yeux que l'humidité gagnait, j'ai compris soudain que, si elle ne m'avait pas attendu debout sur le seuil de la porte, c'était tout simplement pour ne pas s'effondrer.

Mon père est mort dans son sommeil. Un matin, il ne s'est pas réveillé. Ma mère raconte cela d'une voix monocorde. Ne le voyant pas descendre afin de prendre son petit déjeuner, rituel qu'il accomplissait chaque jour à huit heures trente depuis quarante ans, elle a prié la bonne de « monter frapper à la porte de Monsieur ». Celle-ci s'est exécutée, avant de revenir quelques instants plus tard, penaude, la mine désolée, signifiant qu'elle avait échoué dans sa mission. Ma mère s'est agacée : « Vous avez passé la tête dans sa chambre ? » Et l'autre de répondre qu'elle n'avait pas osé, qu'elle ne « se serait pas permis ». Ma mère a alors renvoyé la bonne à l'étage. Lorsque celle-ci est finalement redescendue, sa mine n'était plus désolée mais littéralement effrayée, ses lèvres étaient blanches, elles avaient presque disparu de son visage, son bras tremblait nerveusement, et elle était à l'évidence incapable d'articuler la moindre phrase. Sa patronne lui a lancé : « Ma parole, on jurerait que vous venez de voir un mort. » Elle avait à peine achevé sa phrase quand elle a compris qu'elle venait, sans le faire exprès, de prononcer la vérité la plus inattendue et la plus incontestable qui soit. Le silence a alors tout recouvert, comme on jette un tissu de lin blanc sur les meubles et les canapés dans les maisons qu'on déserte pour l'hiver et qu'on ne rouvre qu'au retour de l'été. Ma mère est demeurée plusieurs minutes dans la prostration, oubliant jusqu'à la présence de la domestique pétrifiée. Et, quand la conscience lui est revenue, elle a simplement dit : « Appelez le docteur Beaudrier, voulez-vous. Il fera le nécessaire. » La bonne a-t-elle été décontenancée par une telle froideur, ou admirative d'une telle dignité ? En tout cas, elle a été probablement surprise qu'une femme ne songe pas à aller constater par elle-même le décès de son époux. Elle a dû penser que ça ne se faisait pas, dans les familles aristocratiques, dans les milieux à particule, et que l'affolement, la palpation, les larmes au pied de la dépouille, la douleur en somme, c'était une chose réservée aux pauvres gens, aux gens ordinaires. Le médecin est arrivé une heure plus tard, essoufflé comme quelqu'un qui aurait accouru et portant déjà le masque de celui qui s'apprête à présenter ses condoléances ; ce qu'il a fait, cinq minutes plus tard, après avoir examiné le corps étendu dans le lit, au premier étage. Il a indiqué, d'une voix posée où traînait une vague compassion : « Il n'a pas souffert, il ne s'est rendu compte de rien, son visage est très reposé, la mort l'a cueilli dans son sommeil. » Ma mère a ponctué d'un : « C'est bien », avant de proposer au funèbre huissier une tasse de thé. « Deux sucres, n'est-ce pas, docteur ? » L'homme s'est assis et la conversation a roulé sur les dispositions à prendre pour les obsèques. Il fallait bien régler « ces détails ».

Terminant son récit, ma mère s'est tournée lentement vers moi et m'a dit : « Je crois que tu es le premier responsable de sa disparition. » Comme si je n'avais pas compris ce qu'elle venait de dire, ou plutôt pour m'offusquer de la violence d'une telle accusation, j'ai lâché : « Vous ne pensez pas sérieusement ce que vous dites ? » Ce à quoi elle a répliqué : « Mais si, tout à fait. Les choses sont ainsi : tu as tué ton père. »

« Et Blanche ? » ai-je murmuré au bout de plusieurs jours.

Ma mère était assise dans la véranda, occupée à rien, le regard dans le vide, dans un abattement devenu familier. Nos conversations – terme abusif, s'il en est – n'étaient, depuis mon retour, qu'une succession d'interrogations très courtes, de formules toutes faites, parfois même de borborygmes. Un malaise diffus et qui exigerait plusieurs semaines avant de se dissiper expliquait la brièveté de nos échanges. Notre résolution commune de nous en tenir à des considérations matérielles, où n'entrait aucun sentiment, nous conduisait même quelquefois à ne pas achever nos phrases.

D'abord, elle n'a pas répondu et j'ai cru qu'elle ne m'avait pas entendu. Je me préparais à répéter ma question quand elle a demandé, légèrement exaspérée : « Quoi, Blanche ?! » Visiblement, elle ne tenait pas à évoquer notre ancienne gouvernante, mais moi je brûlais de connaître le sort de la mère d'Arthur. Oui, je voulais savoir ce qu'il était advenu de cette sainte, qui avait élevé seule un enfant jamais reconnu, dont l'existence avait été dissimulée à un père que cela arrangeait bien, et qui avait perdu cet enfant dans une guerre absurde, pour se retrouver plus démunie que jamais, figée dans une souffrance éblouissante. Mais la nommer, prononcer son prénom dans cette demeure, c'était convoquer le fantôme d'Arthur, et, par conséquent, le souvenir de mes amours anciennes, de mes amours abominées. Ma mère n'a pas réussi à réprimer une moue de dégoût. J'ai deviné que ce dégoût n'était pas dirigé contre Blanche, mais bien contre ce passé ignominieux, que ce haut-le-cœur n'était qu'une réaction à une histoire qu'elle jugeait répugnante, laquelle avait, en sus, entraîné l'exil de son fils indigne.

Elle a fini par dire : « Elle a quitté notre service peu après ton départ. Elle n'a pas donné de nouvelles. Je n'en ai pas demandé. » Ces phrases ont produit sur moi une curieuse impression : celle d'avoir été préparées, répétées, comme si ma mère savait que la question lui serait posée et qu'elle devrait y répondre, comme si, aussi, il lui fallait évacuer ce « problème », l'éliminer en trois répliques sèches, sans gras, sans superflu, trois informations tranchées ne supposant aucune riposte, destinées à clore le sujet, trois affirmations nettes en forme d'enterrement. Du reste, je n'ai pas relevé.

Simplement, dans ma tête, j'ai tenté d'imaginer le départ de Blanche, dans un petit matin, emportant deux valises, serrant contre elle ses derniers gages, refermant la porte discrètement comme elle l'avait toujours fait, et ne se retournant pas parce que la nostalgie n'était pas dans ses façons, ou parce qu'on ne regrette pas de quitter le lieu de son malheur. J'ai tenté de l'imaginer marchant sur le trottoir, bifurquant au coin de la rue, disparaissant à jamais, comme si elle n'avait jamais existé. J'ignore absolument où elle a pu aller, cela dépasse mon imagination. Je crois pourtant que, là où elle se trouve, elle a dû finir par apprendre la mort de Marcel, le père de son enfant, et n'en avoir pas tiré un surcroît de solitude, précisément parce que sa solitude est, depuis un jour de septembre de 1916, imbattable. Je me suis demandé s'il lui était arrivé de penser à moi et ma réponse a été : oui.

Et sinon quoi ? Quoi au cours de ces sept années passées sans moi ? Pour notre famille, donc, une dislocation (à moins qu'il ne se soit tout bonnement agi que de la revanche de la vérité sur une fiction). Pour la France, la tentative d'oublier les ressentiments, les haines et les frustrations et de construire un pays neuf sur les décombres. Accepter de n'être plus qu'une ancienne puissance et faire que, malgré tout, la vie reprenne le dessus.

On m'assure que, pour oublier le bruit des bottes et le sang des tranchées, s'est diffusé un esprit d'insouciance, de facétie, d'impertinence et je suis prêt à le croire. Après tout, en Amérique, j'ai vu s'accélérer le rythme, se concrétiser une frénésie de danse, de dépenses : je présume que notre vieille Europe, avec un léger temps de retard, a connu le même phénomène.

Le symbole de cela ? La silhouette des femmes, dans la rue : elle est devenue droite. Le corset a disparu, la taille est libre désormais, les hanches paraissent enfin mobiles : cela m'a frappé tout de suite, tandis que je renouais avec mes déambulations adolescentes sur les grands boulevards (ma mère, bien entendu, a échappé à cette libération, convaincue que l'assujettissement est le propre de la femme, horrifiée par tout ce qui ressemble à un relâchement). Et puis, les longues chevelures, remontées en chignon, ne sont plus la règle. Il n'est pas rare de croiser des dames coiffées comme des messieurs. Sous leur chapeau cloche, enfoncé jusqu'aux yeux, je devine des cheveux courts, quelque chose des garçons, et cela me plaît.

Les hommes, justement. Oui, les hommes. On dirait qu'ils sont plus libres, eux aussi, et moins soucieux de leur autorité, de leur virilité. Dans les cafés, le soir venu, j'en vois qui dansent, comme des fous, dans des costumes amples, ou simplement vêtus d'un marcel blanc et de bretelles qui tiennent leur pantalon. On jurerait que les jeunes gens, ceux que la guerre n'a pas eu le temps de convoquer, et ceux que la mort a évités, ont envie de se montrer irresponsables, irrévérencieux. Manière de se démarquer de leurs augustes aînés. Ou de faire comprendre qu'ils ne sont pas de la chair à canon, que la patrie n'a aucun droit sur eux, que le temps est venu de s'amuser, de crier, de ne plus être ce qu'on attend d'eux. Ils ont cessé d'être dociles. Ce n'est pas moi qui leur reprocherai ce mélange d'insoumission et de féminité.

Pour le reste, il flotte dans Paris un parfum que je ne connaissais pas, il s'est produit une transformation. Ce n'est pas seulement à cause des allures ou des voitures. Comment exprimer cela, qui est ineffable, presque insaisissable, et cependant très perceptible ? Même si les rues sont inchangées, si les pierres et les édifices sont intacts, il me semble, en fait, que l'ancien monde a craqué. Ce monde que Marcel savait si bien dépeindre dans ses livres, avec ses rituels, sa lenteur, son arrogance, j'ai l'impression qu'il disparaît. En aura-t-il été le dernier témoin, l'ultime scribe ? N'aura-t-il écrit que pour cela : en dresser l'acte de décès ? Et avec lui, n'a-t-il pas disparu ? Au fond, le siècle n'a peut-être pas commencé en 1900 mais en 1918.

Tout de même, vous l'avez compris : dans notre maison, la modernité est restée à la porte, le siècle dernier règne en maître. Ma mère, confite dans le souvenir, n'a touché à rien. Elle gouverne un empire minuscule et préservé, où des domestiques organisent un ballet silencieux et cérémonieux, où les tentures aux fenêtres sont lourdes et protègent de la lumière du jour, où les ornements retiennent la splendeur passée, où les tableaux de maîtres accrochés dans l'escalier monumental disent une lignée et obligent à la mémoire.

Ma mère répète : « Il n'y a pas d'avenir sans mémoire. » Je suis prêt à l'admettre, à reconnaître que les années nous ont façonnés, que ceux qui nous ont précédés expliquent ceux que nous sommes, que le temps et la géographie et les disparus nous ont constitués, mais le passé qu'elle convoque a la texture d'un gel gras dans lequel on se prend les doigts. Et puis ce mot, ce mot beau et terrible d'avenir sonne comme une insanité dans sa bouche, ou plutôt il appartient à une langue étrangère, qu'elle ne parle pas, qu'elle n'a jamais apprise, un mot dont elle maîtrise la sonorité mais nullement le sens.

Elle dit : « Quand je serai morte, ceci te reviendra. » Je regarde autour et je ne vois qu'un tombeau, une poussière délicate sur les meubles, une nostalgie qui pue et je rêve de tout envoyer valdinguer, je rêve de tout raser. Elle ajoute : « J'ai tout gardé pour toi. J'ai tenu notre rang. » Et cet entêtement à conserver des privilèges, à ne rien partager pour ne pas être entamé, à entretenir l'illusion de la grandeur me paraît abject. Je dis : « Je n'aime pas quand vous parlez de votre propre mort. »

Elle dit : « Tu es riche, très riche, désormais. » Je voudrais lui raconter combien j'ai aimé le dénuement, le danger, la précarité, l'incertitude, les ailleurs violents mais qu'y comprendrait-elle ? Et y verrait-elle autre chose qu'une provocation supplémentaire ? Elle dit : « On va te convoiter. Tu devras te méfier. » N'a-t-elle toujours pas saisi que je me moque absolument de la propriété, et que je suis indifférent aux tentatives de séduction ? Et je conseillerais plutôt à celles et ceux qui m'approcheront de se méfier : ils se heurteront à un mur, leurs efforts seront vains, leurs espoirs seront déçus. Je me fiche d'être un héritier, un beau parti. Et je me demande à chaque instant ce que je suis revenu faire dans ce théâtre d'ombres.

Elle dit : « Nous porterons toujours une particule. » Et c'est sa façon à elle de me commander d'assurer la descendance, de continuer l'Histoire. De préserver notre nom. Sa façon aussi de me ramener vers les femmes, la vie normale, les devoirs. Je ne lui dis pas : « Notre nom s'éteindra avec moi. » À quoi bon ?

Livre Quatre

« Je reviens parmi les hommes... »

Le jeune homme me regarde à la dérobée depuis bientôt une heure. Je suppose que c'est ma solitude qui retient son attention. Il faut avouer que je dois offrir un spectacle bien étrange, assis, là, comme ça, à une table du Bal Bullier, avec pour unique compagnie une pinte de bière qu'un serveur compréhensif vient remplacer dès qu'elle est vide et un paquet de cigarettes dans lequel je pioche consciencieusement.

J'aime cet endroit, le Bal Bullier, au croisement du boulevard du Montparnasse et de l'avenue de l'Observatoire. J'aime son style qu'on me dit inspiré de l'Alhambra, ses lampes à gaz en forme de gerbes et de girandoles de toutes les couleurs, ses colonnes métalliques un peu chétives, son balcon surplombant la salle de danse, et sa verrière. Il est oublié, le temps où l'intendance militaire avait réquisitionné les lieux afin de fabriquer des uniformes : c'était il y a cinq ans, il y a mille ans. Désormais, ici, on s'est converti au tango et au jazz et on organise des bals costumés. Tout ce que Paris compte d'artistes en herbe, de jeunes femmes peu farouches servant de modèles, et de bourgeois désœuvrés et bohèmes s'y presse.

(Du reste, Montparnasse abrite une faune où se croisent fausses ingénues et vraies génies, chanteurs fous et romanciers venus d'Amérique, fantaisistes de music-hall et escrocs flamboyants, agitateurs et millionnaires, hallucinés et visionnaires.)

Et, ce soir, en effet, la foule est là, une foule joyeuse et bruyante : on s'exclame et on danse, les verres s'entrechoquent, on invente de nouveaux cocktails, on rit trop fort, l'ivresse gagne. Des créatures portent de longues boucles d'oreilles et des colliers de perles. D'une main elles agitent un éventail, de l'autre elles pointent un fume-cigarette. Les garçons ont des cheveux gominés où la sueur met du désordre. Plus loin, on consomme de l'opium.

Et moi, je me tiens à l'écart de ce monde cosmopolite. Tel un spectateur au théâtre, je me contente de l'observer, intrigué et circonspect. Je suppose que mon isolement, en marge de la fête, a quelque chose d'arrogant et de pathétique.

Le serveur ramasse d'un geste discret ma pinte de bière et dépose celle qu'il m'a apportée sur un plateau. Au moment où mes lèvres s'emparent de la mousse, mon regard croise celui du jeune homme.

Accrochée à son bras, une adolescente. Le teint nacré, des cheveux bruns, des yeux de Chinoise, un nez retroussé où traînent quelques taches de rousseur. Pour le reste, de petits seins pommés sous une robe trop légère pour la saison, des poignets fragiles où pendent des bracelets. Un air mutin où subsistent des traces d'enfance. À part ça, une vitalité débordante, une mobilité permanente, qui, par contraste, soulignent l'immobilité du jeune homme tandis qu'il m'observe.

Quel âge ont-ils ? Lui, vingt ans sans doute. Elle, à peine dix-sept. En dépit de leur extrême jeunesse, ils semblent amoureux comme le sont quelquefois les grandes personnes. Ou plutôt comme s'ils se connaissaient depuis longtemps et n'avaient plus d'efforts à accomplir. Lui, dans la certitude tranquille de la possession. Elle, dans une désinvolture qui signifierait : je n'ai peur de rien.

Autour d'eux, d'autres jeunes gens, assoiffés, rigolards. Et pourtant, on ne voit qu'eux : elle et lui, comme s'ils absorbaient la lumière, comme si les autres n'étaient que des figurants, les éléments d'un décor. C'en est saisissant : il y a des êtres dotés d'une grâce spéciale, d'une aura, qui les singularise, les détache du commun des mortels. Ils sont de cette trempe-là.

Le jeune homme insiste, au point qu'il semble devenu indifférent au cirque qui l'entoure, et même à la jeune fille qui, régulièrement, claque un baiser sur sa joue ou sur sa bouche. Il ne prête plus attention aux exclamations, au brouhaha, répond à peine aux questions qu'on lui adresse, se contente de sourire pour ne pas se montrer inélégant, revient à moi, et détache même son bras de celui de sa comparse.

Cela finit par m'embarrasser. D'autant que le doute n'est pas permis : c'est bien moi qu'il scrute. Et je me demande s'il croit me reconnaître, si je ressemble à une personne enfouie dans sa mémoire, ou à un mort soudain ressuscité. Je me souviens du premier regard de Marcel sur moi dans ce salon où des dames m'entouraient. Ce n'est pas le même regard, faussement distrait, plein de désir déjà mais c'est la même captation, la même envie d'une proximité. On dirait.

Je baisse les yeux, j'avale plusieurs gorgées de bière, puis j'allume une cigarette, pour me donner une contenance, ou mimer une indifférence. Je ne sais plus depuis combien de temps on ne m'a pas regardé ainsi. Je veux croire qu'il s'agit d'une erreur, d'une imposture. C'est à ce moment précis que le jeune homme se lève et commence à marcher dans ma direction.

Il tire la chaise, sans détacher ses yeux de mon visage, et s'assoit face à moi, sans même m'en avoir demandé la permission. Il me tend une main franche, coude posé sur la table, et dit : « Je m'appelle Raymond. » Désormais, je peux le détailler. Il a le regard sombre, des cheveux noirs en broussaille, de grandes oreilles un peu décollées, un long nez, des lèvres lourdes. Il n'est pas beau. Non, pas beau. Et cependant, on est happé. Sa présence est si forte. À distance, elle aimantait : de l'autre côté de la table, elle est presque insoutenable. Il me faut plusieurs secondes avant de réagir. Finalement, je lui accorde la poignée de main qu'il sollicite. « Vincent. Mon nom à moi, c'est Vincent. » Il sourit. J'ignore pourquoi il sourit.

Il dit : « Je n'en pouvais plus de ta solitude. » Et je suis aussitôt écrasé par la violence sublime de sa phrase. Il dit son impatience, son impétuosité, sa compassion, en à peine quelques mots. Il dit l'élan qui l'a porté vers moi, mélange d'agacement et de sympathie. Et moi, je ne réponds rien. Il faudrait probablement que je m'explique, que je me justifie. D'ailleurs, la phrase à moi assénée devrait me pousser à la justification. Pourtant, je me tais. Je demeure dans le silence, le pauvre mystère. Je songe que devant Marcel je m'étais tu longtemps. Devant Arthur aussi. Je me tais toujours devant les êtres qui m'impressionnent.

Il dit, pour changer de sujet et amortir ainsi le choc de sa sentence, ou peut-être pour que nous fassions connaissance : « Je viens de rentrer du Piquey. » Et je ne sais pas du tout où cela se trouve, Le Piquey. Je n'ai même jamais entendu ce nom. Ce pourrait tout aussi bien être celui d'un lieu-dit ou d'un pays lointain, d'un village ou d'une contrée exotique. Comme s'il avait perçu mon ignorance, il ajoute : « C'est en Gironde, au bord de la mer. À côté du Cap-Ferret. » Et j'opine lentement, dans une sorte d'approbation. Il y a ça, le mouvement de ma tête. Et toujours pas une parole.

En moi-même, je pense : c'est une bien curieuse idée de séjourner au bord de la mer en automne. Octobre, ce n'est pas fait pour la plage, l'Atlantique. Je corrige : l'arrière-saison doit être belle sur ces rivages.

Il dit, en écho à mon questionnement muet : « Nous avons eu très beau temps. » J'entends le « nous ». Je me demande s'il fait allusion à la jeune fille qui l'accompagne, ou à ses parents (il paraît si jeune encore, il pourrait se rendre en vacances avec ses parents, dans une villa balnéaire) ou simplement à la population du Piquey, la masse de ceux qui l'entouraient, les autochtones et les touristes.

Il dit : « On se baignait encore au début du mois. » Et je tente de l'imaginer dans un costume de bain, batifolant sur le sable, courant comme un enfant qu'il est encore, facétieux, et défiant les vagues, se précipitant dans les éclaboussures. Et je songe qu'il devait ressembler aux garçons que Marcel admirait depuis les fenêtres du Grand Hôtel à Cabourg, quand les étés étaient insouciants et la jeunesse pas farouche ni blessée. Je me dis que Marcel aurait aimé ce garçon-là. Qu'Arthur en aurait été jaloux.

Il dit : « Tu ne parles jamais ? » Et son interrogation, vive, ironique, me sort aussitôt de mes pensées, me ramène dans le réel, dans le tumulte du Bal Bullier, dans cette proximité inattendue avec un inconnu. Je dis : « Pas beaucoup. »

Il sourit encore. Il pourrait être exaspéré. Mais non, il sourit. Il se tourne vers la table qu'il a quittée. La jeune femme, au même instant, en une coïncidence frappante qui témoigne parfaitement de leur aimantation, se tourne vers lui. Et les deux se contemplent, avec une très jolie connivence. La jeune femme n'est pas inquiète, ne paraît pas du tout déroutée par le fait que son compagnon l'ait abandonnée pour aller rejoindre un quidam, l'attend, confiante, et d'une moue discrète, lui dit : « Prends tout le temps dont tu as besoin. »

Il dit : « Elle s'appelle Bronia. Elle est polonaise. » Je trouve qu'elle ne fait pas vraiment polonaise. J'imagine plus blondes, plus diaphanes les femmes de Pologne. Il dit : « La blonde à côté, c'est sa sœur. Tylia. » Et je suis bêtement rassuré. D'autant que cette dernière est plus placide, plus froide, donc plus conforme à mes douteuses hypothèses ethnologiques.

Il dit : « Elles servent de modèles à des peintres. Elles se proposent. À la terrasse du Dôme ou à celle de la Rotonde, c'est un vrai marché aux jeunes filles. » Je songe qu'il y a quelque chose d'un peu vulgaire à s'offrir de la sorte, qu'il s'agit d'une prostitution déguisée, d'une soumission à un maquignonnage dissimulé sous le prétexte de la création artistique et je m'en veux aussitôt de ce réflexe moralisant car, à la fin, je ne juge personne, je me fiche de la manière dont les gens conduisent leur existence. Et puis, je présume qu'elles doivent être gracieuses dans la nudité, bien proportionnées et piquantes.

Il dit : « Elles sont charmantes, n'est-ce pas ? » J'acquiesce d'un hochement de tête. Et je distingue la fierté de l'homme, savourant d'être reconnu comme ayant réussi à séduire une beauté probablement très recherchée, très enviée. Il est un peu fat, d'un coup, un peu goujat, dans ses façons de propriétaire mais on lui pardonne parce qu'il est si jeune. Chez un quadragénaire, on verrait de la concupiscence, de lui on tolère l'insolence.

Il dit : « Bronia danse demain soir au Bœuf sur le toit. Pourquoi tu ne viendrais pas ? » Tout à coup, il est très excité par sa trouvaille, sa proposition. Ses yeux brillent, ses épaules s'agitent, ses mains implorent. Et moi, bien sûr, si je refuse, ou même si je mégote, je passe pour un odieux personnage, un bonnet de nuit, mon mutisme devient de la bêtise. Je dis : « D'accord. » Et Raymond sourit, de nouveau, comme seuls savent le faire les enfants. Il dit : « Je crois que nous allons être amis. » Et il se lève.

Il dit : « Je vais les rejoindre. Donc demain, 21 heures ? » Et il s'éloigne vers le petit groupe qui l'accueille avec des cris, des chatteries. J'observe qu'une partie des disciples se retourne vers moi, plus ou moins discrètement. Que leur raconte-t-il à mon sujet ? « Il s'appelle Vincent. Je ne sais rien de lui. Il ne dit pas un mot. » Ajoute-t-il : « Mais il me plaît » ?

Quel nom étrange ! « Le Bœuf sur le toit ». Je présume que ce cabaret le tient du ballet de Darius Milhaud, que j'ai pu voir il y a quelques semaines. Je me rappelle que le décor est celui d'un bar et qu'on y voit circuler plusieurs personnages : un bookmaker, un nain, un boxeur, une femme habillée en homme, un policier qui se fait décapiter par les pales d'un ventilateur avant de ressusciter... Je crois que certains acteurs sont, en réalité, des clowns du cirque Medrano. Décidément, Paris s'amuse. Après tout, pourquoi pas ? Moi-même, je vais bien tromper mon ennui dans ces endroits où la légèreté tient lieu de tout.

Quand j'arrive rue Boissy-d'Anglas, je remarque les berlines opulentes mais aussi des torpédos modestes. Je franchis la porte d'entrée pour constater que la petite troupe n'est pas encore arrivée. J'ai tout loisir d'admirer les boiseries, les tentures rouges (ce rouge, est-ce celui des églises ou des bordels ?), le long comptoir et les tables si savamment rangées qu'elles donnent l'illusion d'un désordre. J'ai à peine le temps de commander une bière que les joyeux drilles débarquent. Je reconnais leur brouhaha, leurs parfums capiteux. Raymond s'approche vivement et, avant que je puisse me lever, se colle contre mon dos et pose ses mains sur mes épaules. Il crie : « Que la fête commence ! » J'aperçois Bronia qui s'éclipse, probablement pour aller enfiler un « costume de scène ».

Raymond commande du champagne et du saumon pour toute la bande. Il a l'air de ne pas avoir de problèmes d'argent. Se pourrait-il qu'il soit, lui aussi, un héritier, un de ces oisifs qui tiennent leur fortune de leurs parents, se pourrait-il que nous soyons frères ? Ou bien, à l'inverse, ses dépenses sont-elles inconsidérées ? Est-il un flambeur ? Il me semble que je le préférerais en aventurier, criblé de dettes, jetant par les fenêtres les billets qu'il n'a pas. Tant qu'à faire, je l'aimerais mieux en garçon libre et inconséquent. Je dis : « Je ne sais rien de toi. » Il m'observe en rigolant : « Moi non plus, je ne sais rien de toi. Et pourtant, nous sommes là, ensemble. » Et il lève sa coupe de champagne et porte un toast « aux femmes qui dansent et aux hommes qui les désirent ».

Dans un tempo parfait, Bronia fait son apparition, grimpe prestement sur le comptoir et se met à danser, comme en proie à une transe. Son collier de perles brinquebale autour de son cou, ses bracelets descendent et remontent le long de ses poignets, les fanfreluches de sa robe s'agitent en tous sens. Elle déborde de sensualité et se moque éperdument du qu'en-dira-t-on. Raymond ne la quitte pas des yeux, plongé dans une béatitude qui n'est pas due à l'ivresse mais bien à l'amour. On jurerait qu'il va la dévorer. Sa fringale fait plaisir à voir. Cette jeunesse vorace me rappelle celle des clubs de New York où l'on joue du jazz. Elle me ramène au seul temps véritablement heureux que j'aie connu depuis mon départ de l'été 1916.

Dans le vacarme devenu curieusement familier, il s'assied à côté de moi, épaule contre épaule, trinquant à distance avec des filles qui lui sourient, et, sans prévenir, se penche vers moi et glisse à mon oreille : « Si tu veux vraiment savoir, j'ai publié au printemps un petit livre dont on parle un peu. » Dans la foulée, il reprend sa position initiale et c'est à mon tour de me tourner vers lui, de fixer son profil et de trouver subitement un sens à ce qui s'est produit ces dernières vingt-quatre heures, à la manière d'un mathématicien résolvant une énigme, ou d'une diseuse de bonne aventure traversée par une révélation. En moi-même, je résume : Raymond, donc, est un jeune homme qui écrit des livres. Ainsi, il emprunte à Arthur ses vingt ans et à Marcel sa passion pour l'écriture. Il est une synthèse chimiquement pure des deux êtres qui ont compté le plus dans mon existence, la combinaison fascinante et inattendue de mes deux rencontres les plus décisives. Se peut-il que le destin nous joue des tours ? Que le hasard n'existe pas ? Se peut-il qu'on soit voué à rechercher toujours les mêmes personnes ? Ou à rechercher dans les nouvelles affinités ce qui nous a plu dans les anciennes ?

Pour masquer mon trouble, je dis, regardant droit devant moi, et faisant mine de m'intéresser aux gesticulations de Bronia : « Et il parle de quoi, ce petit livre ? » Raymond avale une grande gorgée de champagne et, satisfait visiblement que je l'interroge, se déplace de sorte que nous nous retrouvons assis face à face. Il pose ses mains sur mes genoux, redresse la tête dans ma direction et dit : « Ça se passe pendant la guerre. » Je devine qu'il va enchaîner, expliquer, raconter mais cette entame suffit à bloquer ma respiration, à provoquer des spasmes que je m'efforce de réprimer. Tout ce qui touche à cet épisode mortifère me rend systématiquement nerveux. Il dit : « J'évoque l'adultère commis par une femme dont le mari est mobilisé au front. » Je songe que pareille infidélité doit être tenue pour scandaleuse par les commentateurs et les lecteurs, qu'elle frappe comme une injure. Je dis : « Cela doit choquer les bonnes gens. » Il sourit et ajoute : « Ça les choque d'autant plus que l'amant est un très jeune homme ; seize ans à peine. » Et, tout à coup, je n'entends plus que ces derniers mots : « l'amant est un très jeune homme ; seize ans à peine ». Et ça tourne dans ma tête, comme si les chevaux de bois d'un manège étaient d'un coup devenus réels et fous, et que leur échappée me provoquait un haut-le-cœur. Je conviens que les deux histoires, celle du livre et la mienne, n'ont rien à voir mais, tout de même, il y a la guerre, le garçon de seize ans, la liaison scandaleuse. Et je me souviens que Marcel prétendait que la littérature réinventait la vie.

Raymond poursuit, sans rien apercevoir de mon malaise : « Il faut que je te dise : il y a un peu de vrai. J'ai été amoureux d'une femme à la fin de la guerre. Elle s'appelait Alice. » Et puis, comme pour lui-même, il ajoute : « Mais Marthe, l'héroïne du roman, n'est pas Alice. Il serait trop commode de penser qu'elles sont la même personne. Tout le monde croit savoir mais il n'y a que moi qui sais. » Et moi, j'ignore de quoi il parle, de qui il parle. J'entends simplement des aveux suivis de rebuffades, la vérité tempérée par la fiction. Je vois l'amoureux fracassé, cherchant dans l'écriture une solution à cette prise de conscience terrible que la vie ne suffit pas. Et je crois comprendre.

Sautant du comptoir sur un tabouret, puis d'un mouvement félin, retombant miraculeusement sur ses pattes entre deux tables, Bronia nous rejoint. « Je suis fatiguée de danser. » Et elle claque aussitôt un baiser sur la bouche de Raymond, en serrant par les commissures les lèvres du jeune homme entre ses longs doigts maigres. Me jetant un regard langoureux et me tendant un bras au bout duquel elle casse son poignet de façon théâtrale, elle dit : « Tu ne me présentes pas ? » Je me penche vers elle et, faisant mine de capituler, je prononce mon prénom. « Je le savais ! » sourit-elle, avec un air un peu niais qui, fugacement, me fait douter de son intelligence. « Raymond me parle de toi depuis hier. Je ne sais pas ce que tu lui as fait ! » Je devine, à son raidissement, l'embarras du garçon. Et, tentant de faire de l'esprit, je dis : « Rien encore », mais mes mots tombent à plat et se perdent dans le tumulte. Bronia enlace son chevalier servant, en un réflexe de propriétaire. Que craint-elle ? Je suis si inoffensif et son homme ne s'intéresse pas à ceux de son espèce, je veux dire charnellement.

Embrassant le territoire du cabaret, où s'agitent les danseurs, s'enlacent des inconnus, et trinquent des générations mélangées, elle dit : « Les gens prétendent qu'il faut prendre des paquebots et traverser les mers, ou des trains qui nous amènent chez les Turcs en moins de quatre jours, j'ai même entendu dire qu'on avait traversé le désert du Sahara mais le vrai exotisme, la véritable aventure, c'est Paris ! » Elle a dans la voix cet accent inimitable de l'Est, légèrement grandiloquent, où les *r* roulent un peu, et où s'insinue une sorte de langueur. Son excitation de se tenir à l'endroit exact où « tout se passe » a quelque chose d'attendrissant et de supérieurement agaçant. Je pourrais lui répondre que mes ailleurs ont tous été des aventures, qu'ils m'ont apporté plus que ne m'apporteront jamais le champagne parisien et sa légèreté frelatée. Lui rétorquer que la frivolité est haïssable parce qu'elle est une insulte à la douleur respectable, mais à quoi bon gâcher la fête ? Et je suis là précisément pour m'amuser, pour espérer que l'insouciance nous sauve, au moins pour quelques heures, des désastres.

Je songe que je n'aime pas Bronia, que ma première impression à son endroit n'est pas bonne. En réalité, c'est son bonheur que je n'aime pas : il me blesse. Et qu'il soit partagé avec Raymond ajoute à une rancœur finalement bien médiocre. Et, tout à coup, je me fais horreur, cette envie lamentable me fait horreur. Et ravive des névralgies anciennes. Je me lève d'un bond, ce qui ne manque pas de surprendre les tourtereaux. Je dis : « Je dois rentrer », sans que rien ne justifie pareille précipitation. Bronia, d'ailleurs, marque aussitôt sa surprise et minaude afin de me faire rester, se saisit de mes avant-bras comme si elle voulait m'entraîner danser. Raymond, de son côté, ne dit rien : à l'évidence, il a non pas compris mais accepté sans barguigner mon désir de fuite. Il dit : « Je te raccompagne jusqu'à la porte. »

Parvenu sur le seuil, il m'aide à enfiler mon manteau, me scrute tout en conservant un beau silence, qu'il rend volontairement inexpressif pour que je n'y décèle aucune compassion et, lentement, très lentement, il dépose un baiser, un seul, sur ma joue. Et je l'entends murmurer : « Voyons-nous demain. Juste toi et moi. »

Je l'attends. Il devrait être là d'une minute à l'autre. Je fais cela : attendre quelqu'un, cela que je n'ai pas fait depuis sept années.

Je suis assis au salon, tentant en vain de ne pas croire à mon impatience, décontenancé par elle. Je feuillette un journal sans m'intéresser aux nouvelles, insensible à la rumeur de l'actualité, aux remous du monde et, par lassitude, le repose. Je contemple le bout de mes souliers, vérifiant qu'ils sont lustrés comme il se doit. Mes ongles, vérifiant qu'ils sont coupés comme il se doit. Je me lève et marche en direction d'un vase où la bonne a disposé des roses blanches : je hume le parfum des fleurs, espérant peut-être y puiser un souvenir qui finalement ne remonte pas à la surface. Ma mère fait alors son apparition et nous sommes aussi surpris l'un que l'autre par une présence inopinée. Elle dit : « Je n'escomptais pas te trouver là. Tu désertes cette maison avec une telle application. » Je me rends compte qu'elle ne parvient pas à prononcer une phrase qui soit exempte d'un reproche. Je me demande encore pourquoi elle m'a fait chercher sur tous les continents, si c'est pour me houspiller dès qu'elle me croise sur son chemin. Je me garde bien de l'interroger, fidèle à ma stratégie de non-agression, convaincu que la lutte serait inutilement douloureuse ; inutile tout court. Et puis le silence me va bien, le silence est mon état, il est ce qui me définit le mieux. Je sais que ce silence l'exaspère autant qu'il la rassure. Car elle devine que, si j'en sortais, je dirais des choses qu'elle ne supporterait pas d'entendre, ou bien j'énoncerais, sans discussion possible, ma décision de repartir. Elle dit : « Que nous vaut cet honneur ? » Je la sens d'humeur caustique aujourd'hui et je voudrais lui faire comprendre que son intérêt est de s'arrêter à temps. Je pourrais lui rappeler que j'ai tué mon père (c'est son jugement – définitif – sur moi) : il ne me serait donc pas difficile d'humilier ma mère. Je dis : « J'attends quelqu'un. » Et à ces seuls mots, elle se raidit. On ne voit que ça, le raidissement de tout son corps, et un affreux rictus parcourant son visage, en un éclair. Elle pense, bien sûr, à mes mœurs dépravées et redoute que j'aie renoué avec cette dépravation. Peut-être même pense-t-elle que je compte l'exercer ici-même, qui sait ? Je suis tenté de la rassurer en lui disant : « C'est un jeune écrivain qui nous arrive », mais je renonce car, au fond, nous nous ressemblons, elle et moi : immédiatement, elle imaginera qu'une créature infernale combinant mes deux passions anciennes va surgir. Elle s'oblige à faire bonne figure : « C'est bien que tu aies de la compagnie. Je te trouve trop seul, tout le temps. » Trop seul, tout le temps : ma mère a le sens des formules exactes, sans le vouloir. Et elle détale, pour ne pas risquer de se trouver en présence du fâcheux dont on lui a annoncé l'imminent surgissement. Tandis qu'elle referme la porte derrière elle, je me répète que, décidément, nous ne nous entendrons jamais, elle et moi. Et c'est tout, sauf une découverte.

Je m'en retourne à l'attente, l'attente de lui, lorsque, soudain, j'entends le bruit d'un fiacre en contrebas. Je m'approche de la fenêtre et je vois Raymond qui, s'immobilisant sur le marchepied, hume l'air avant de fouler le pavé. Puis, il lève la tête en direction de la fenêtre, comme s'il y avait deviné ma présence et, aussitôt, il me sourit, d'un sourire incroyablement franc et pur. Quoi qu'il advienne, je conserverai le souvenir de ce sourire.

Maintenant, il est là, devant moi, avec son air frondeur, il s'approche avec ce mélange détonnant de vivacité et d'indolence et m'embrasse, et il me serre contre lui, un peu trop fort, comme si nous étions des amis anciens trop longtemps séparés, enfin retrouvés. Juste après, il accomplit le tour du propriétaire, inspecte les larges fenêtres, les lourdes tentures, les hauts plafonds, les meubles imposants, les canapés profonds, les fleurs odorantes, le luxe d'un autre siècle et je devine qu'il va se montrer ironique, siffler entre ses dents quelque mauvaiseté, se moquer de ce trop-plein, de cette surcharge de passé, de cette splendeur fanée. Il dit : « Je comprends mieux. » Et je présume qu'il veut me dire qu'ayant fait la connaissance de mon environnement, donc de mon milieu, à travers ce décorum, il est vrai, signifiant, il m'a cerné, tout devient clair, il sait qui je suis. Et, au fond, il n'a pas tout à fait tort. Je suis le produit de cela, la caste des faubourgs, et sans un chagrin violent, dans l'âge le plus exposé, sans doute ne m'en serais-je jamais extrait, et serais-je aujourd'hui un jeune homme infatué, puant, sûr de lui, de son bon droit, nullement embarrassé par ses privilèges, arborant sa fortune devant le *vulgum pecus* comme on agite un trousseau de clés sous le nez de prisonniers. Alors que je m'apprête déjà à répondre à ses insinuations, il précise : « Je comprends mieux pourquoi tu es parti. » Et il me réduit ainsi au silence, car je ne me rappelle pas lui avoir avoué que j'ai déserté un jour, encore moins que cette désertion avait quelque chose de radical et qu'elle a duré des années. Remarquant mon ébahissement, il dit : « Ça se voit sur toi, l'exil ; tu portes les traces d'un exil. » Et je me remémore aussitôt les paroles du vieux Turc de Constantinople qui, lui, prétendait, au contraire, qu'on ne voyait sur moi que la France, les résidus de la France. Est-on condamné à être un étranger partout ? À ne jamais se délester de la part d'ailleurs qu'on porte avec soi ?

Raymond dit : « Moi, je ne suis pas tellement parti. Au fond, le plus grand voyage a consisté à quitter Saint-Maur pour rejoindre Paris. Ce n'étaient que quelques kilomètres mais je n'ai pas expérimenté déracinement plus violent. » Il dit : « Saint-Maur, c'est un non-lieu, ni une ville ni la campagne, on n'y perçoit pas la fièvre de la capitale, mais on n'y est pas rongé par l'ennui de la province, on savoure le calme et on rêve de mouvement, c'est selon l'endroit d'où on regarde une merveilleuse sécurité ou une affreuse résignation. Je viens de là, de ça. »

Il dit : « Mon milieu ressemble à cette ville. Nous n'avons jamais été dans le besoin et nous n'avons jamais connu l'opulence, nous ne sommes pas des bourgeois mais pas non plus des déclassés. Mon père fait dans le dessin humoristique, ce qui devrait nous tirer du côté des bohèmes. Mais ma mère était institutrice, et elle a donné à ses enfants une éducation rigide, où la fantaisie n'avait pas sa place. J'ai grandi dans cet entre-deux, j'ignore encore s'il s'agit d'une malédiction ou d'une chance. » Je tente d'imaginer le père permissif, légèrement vagabond, inconséquent, puis la génitrice dure, froide, pour qui un sou est un sou. À mon tour de « comprendre ».

Je dis : « Tu as des frères et sœurs, donc ? » Il dit : « Oui, nous sommes une famille nombreuse. Trois garçons, quatre filles, dont une qui est morte à deux ans. Je suis l'aîné. » Il énonce sans ponctuer, sans s'attarder. Et je suppose que la perte de la fillette explique pareille parcimonie, comme si c'était trop de douleur, comme s'il y avait là une béance impossible à combler, comme si le nombre n'était jamais parvenu véritablement à compenser l'absence d'une seule. Et je me demande s'il accorde de l'importance à son statut d'aîné, qu'il ne doit pourtant qu'au hasard. Se sent-il des responsabilités ?

Et, pour moi-même, je résume : il est issu de la classe moyenne alors que je suis né avec dans la bouche une cuiller en argent, il provient de la banlieue et moi du seizième arrondissement, il est un fils et un frère tandis que je ne suis plus relié à la notion même de famille que par un fil ténu, le battement de cœur d'une femme qui ne voit en moi qu'un héritier, le gardien d'un temple, il a déjà publié un livre et moi, je n'ai rien fait, il est en train de conquérir Paris où je fais figure de créature exotique. Ces différences favoriseront-elles notre entente ou, au contraire, précipiteront-elles notre séparation ?

Il dit : « Est-ce qu'un jour tu parleras ? » Et je baisse les yeux, non par timidité, mais par sauvagerie (j'ai si peu parlé au cours des sept dernières années). Je baisse les yeux en souvenir d'Arthur et de Marcel qui, eux aussi, désespéraient de mon mutisme, et m'invitaient à m'exprimer, attendant probablement des aveux qui m'auraient coûté, espérant que je leur témoignerais de la tendresse en retour de celle qu'ils me prodiguaient. À la fin, ils ont eu raison de se montrer patients. À l'un et à l'autre, j'ai fini par tout dire. Devant eux, je me suis mis à nu. Cela me demande du temps, de la confiance, un abandon. Il me semble que, devant Raymond, je pourrais me mettre à nu. Ils ne sont pas nombreux, ceux dont j'ai pensé cela.

Il dit : « Ce n'est pas grave. Je t'aime aussi pour ce mystère, cette part inatteignable. » Je saisis à la volée l'expression « je t'aime », elle me foudroie, même si, bien sûr, elle est générique, générale : je sais qu'elle désigne une affection en train de naître, et rien d'autre. Tout de même, depuis quand ne l'ai-je pas entendue ? Pour être plus précis, existe-t-il une autre personne qu'Arthur qui l'ait employée ? Non.

Il dit : « Et puis, je suis tellement bavard. Je peux parler pour nous deux. » Et il rit. Et son rire m'enchante. C'est devenu si rare, dans mon entourage, quelqu'un qui rit. Ça change son visage, ça y jette de la douceur, de l'enfance, ça éloigne la noirceur. Car enfin, il y a de la noirceur chez ce jeune homme. Je ne fais pas référence à ses cheveux couleur corbeau, à sa peau mate, mais à son regard traversé d'orages, à l'inquiétude que je sens poindre sous l'enjouement, aux gouffres au bord desquels il semble se tenir quelquefois, ne serait-ce que subrepticement. Je suis imbattable pour déceler les désespoirs subreptices.

Recouvrant soudain son sérieux, il dit : « D'ailleurs, il faut que je te confesse quelque chose... » En moi-même, je me demande si, précisément, il ne va pas reconnaître ce que je pressens, des assauts de tristesse. Cette perspective s'éloigne lorsqu'il ajoute : « ... puisque tu m'as l'air si détaché des bruissements de Paris. » C'est, en effet, tout autre chose qu'il avoue : « Il y a un homme dans ma vie », et cet aveu pourrait me sectionner les jarrets. Ainsi, Raymond ne serait pas tout à fait indifférent à ses frères. Il le serait si peu que l'un d'entre eux occuperait une place à part dans son existence. Et je me surprends à éprouver, mélangées, de la joie et de la jalousie. Il poursuit : « Un homme qui m'aime et que j'aime, même si, à l'évidence, nous ne nous aimons pas de la même façon. »

Il dit : « Connais-tu Jean Cocteau ? » Ce nom ne m'est pas complètement étranger mais il agit comme ces rêves qu'on tente de convoquer au petit matin sans y parvenir, ou ces mots qu'on a sur le bout de la langue et qui y demeurent accrochés. Il dit : « C'est un poète. Il a publié son premier recueil à l'âge de vingt ans. » Et, soudain, il me semble me rappeler avoir lu son nom associé à celui de Marcel dans une notice nécrologique. Raymond précise : « Il est l'ami de beaucoup d'artistes. Au fond, son don le plus fascinant est d'être à la confluence de plusieurs disciplines et de savoir réunir les talents. » J'imagine un démiurge tirant des fils invisibles.

Il dit : « Il a quinze ans de plus que moi. Il pourrait presque être mon père, il joue à être mon compagnon. » Et, bien sûr, dans la foulée, je ne résiste pas à établir la comparaison avec Marcel. La similitude est effectivement troublante : l'écrivain Pygmalion et le jeune homme, c'est une histoire qui n'est pas sans rapport avec la mienne. Sauf que Cocteau est plus jeune que ne l'était alors Marcel, et que Raymond n'est pas l'adolescent oisif dont je portais si aisément le costume. Qui plus est, je ne suis pas certain, à écouter attentivement le ton de sa phrase, qu'il n'entre pas quelque chose de charnel dans cette relation, ce qui ne fut jamais le cas dans ce qui m'a lié à Marcel. Et moi qui suis si peu curieux des affaires sentimentales d'autrui, davantage par respect pour l'intimité que par pudeur, je meurs de connaître mieux la nature de ce qui les rassemble.

Il dit : « Cocteau est très jaloux de Bronia. C'est atroce, la jalousie, n'est-ce pas ? » Je songe que c'est un sentiment qui m'est étranger : je serais incapable d'avoir un réflexe de propriétaire, d'entamer la liberté d'un tiers, serait-il mon amant, et, à la fin, je considère que les gens doivent disposer de leur corps à leur guise, et céder à leurs désirs quand bon leur semble. Pour autant, je comprends pourquoi certains attachements peuvent rendre fou, corroder la raison des plus intelligents, la lucidité des plus clairvoyants. Je devine ce mal qui ronge, dévore, et qu'on ne sait pas combattre, repousser. Je sais que, par amour, on peut devenir vindicatif, injuste, et cruel. « Il fait des scènes pour un oui ou pour un non. » J'imagine une harpie, une mégère, grimpant dans les aigus et m'en veux aussitôt de tomber dans le panneau de la caricature. Il dit : « Ne comprend-il donc pas que je cherche chez lui ce que Bronia ne peut pas m'apporter et que, pareillement, Bronia me procure des plaisirs dont il ne possède pas la clé ? »

Je suis frappé par cette façon de se dévoiler, d'être à ce point dans l'impudeur. Aussitôt, je rectifie : en réalité, il me témoigne sa confiance. C'est comme s'il me murmurait : « À toi, je peux tout dire. Mieux : à toi, je ne veux rien cacher. » Et cela me trouble, m'émeut.

Pour éviter de sombrer dans la sensiblerie, j'en reviens aux faits : donc Raymond gagne son équilibre, en passant alternativement de Bronia à Cocteau. Il dit : « Je préfère les filles. Mais je ne pourrais pas me passer de la compagnie des hommes. » Et il me dévisage. Je tente de soutenir le noir de son regard, persuadé d'échouer. Cependant, à ma grande surprise, je tiens une seconde de plus que lui. Voudrais-je ce garçon plus que n'importe quel autre ? Et lui, serait-il moins fanfaron qu'il n'en a l'air ?

Il flotte un parfum étrange dans le salon fossilisé, d'où nous scrutent les fantômes hostiles accrochés aux murs. Comme si notre présence était incongrue, comme si c'était trop de jeunesse au milieu de ces vieilleries, trop de familiarité dans cet univers compassé où, d'ordinaire, chaque parole est soupesée, chaque geste calculé, chaque élan retenu. C'est un air frais, qui chasse l'odeur de renfermé, fait s'envoler la poussière.

Je comprends qu'il me faut parler, un peu. Pour ne pas être un simple spectateur, pour faire souffler, moi aussi, cet air nouveau que l'on respire. Je dis : « Au fait, je me suis renseigné, tu as joué les modestes : ton roman remporte un succès considérable. » Et j'aperçois, à son rengorgement furtif, que Raymond est assez fier que je me sois intéressé à lui, avant notre rencontre, que j'aie cherché à en savoir plus. Il dit : « Ne te laisse pas abuser : c'est un succès en trompe l'œil. Tout le monde parle du

Diable, pour s'extasier ou me condamner mais, à bien y réfléchir, ce n'est rien, rien du tout, de la poudre aux yeux, un scandale fabriqué, un peu d'émulsion, ça ne choque que les bourgeois, ce n'est pas révolutionnaire. » Il me semble qu'il en fait un peu trop dans la modestie, que cette dévalorisation de soi, de son travail sonne un peu faux, qu'elle n'est destinée qu'à provoquer en retour un compliment. Pourtant, je me trompe. Car Raymond poursuit son idée, avec l'accent de la sincérité : « Les vraies révolutions, soit elles ont déjà eu lieu, soit elles se produisent ailleurs. Rends-toi compte : Picasso a peint *Les Demoiselles d'Avignon* il y a quinze ans déjà ; Diaghilev, en Russie, a inventé une nouvelle manière de danser ; dans les clubs de Chicago, de New York, on joue du jazz depuis cinq ans ; et ce James Joyce qui a publié *Ulysse* l'an passé est irlandais, même s'il ne cesse de voyager. Je suis né trop tard, ou pas dans le bon pays. »

En moi-même, je me répète les mots du jeune homme de vingt ans, à l'aube d'une nouvelle ère, tandis qu'on tente d'oublier le malheur : « Je suis né trop tard. » J'ai envie de lui dire : « Si tu étais né cinq ans plus tôt, on t'aurait envoyé à la guerre, comme on y a envoyé Arthur. Et, à l'heure qu'il est, tu serais peut-être mort. Comme lui. » Je pourrais ajouter : « Et puis, les révolutions, c'est toujours le moment de les faire. » Je ne dis rien. Comme toujours.

Il dit : « Je viens de remettre un nouveau manuscrit à Bernard Grasset, mon éditeur. J'espère que celui-ci, on le lira pour ce qu'il est, et plus pour ce que je suis. » Je vois l'enfant obstiné qui a probablement rêvé de la célébrité et qui, désormais, rêve de reconnaissance littéraire. Je vois l'écrivain en formation, dominant la fièvre des commencements pour tenter de construire une œuvre. Je vois une détermination, celle qui me manque tellement. Je vois enfin que la légèreté n'est que de façade, je devine les emportements et les effondrements, la ferveur et le doute, l'élan et les obstacles, la rage et la détresse. Je songe que je n'aime que ceux qui ont en partage ces sentiments contraires.

À y réfléchir, je me rends compte que Proust, sous les apparences de la désinvolture mondaine, cachait aussi une nature angoissée. Au fond, c'est le propre des écrivains que d'être à ce point dans le dédoublement, et de mentir si bien. Sauf que mon cher Marcel, qui se serait senti si à l'aise dans ce salon, tentait de fixer le passé tandis que Raymond, tout entier dans le mouvement, est préoccupé d'avenir. Mais il est probablement absurde de chercher à démêler leurs motifs, et tout aussi absurde de les comparer, ces deux-là. Je décide, sur l'instant, que je ne parlerai pas de l'illustre disparu au débutant prometteur.

Il dit : « Si tu veux, je te le confierai, ce manuscrit. » Je dis : « Oui. » Et c'est un oui qui s'apparente à ceux qu'on prononce aux mariages. Alors Raymond sourit et s'approche de moi pour me serrer entre ses bras. « Une promesse est une promesse ! » Puis, il se recule, empoigne mes épaules, les bras tendus et me dit : « Tu dois venir rue de Tournon, c'est là que j'habite en ce moment. Je te ferai la lecture, ce sera encore mieux. D'accord ? » Comme j'acquiesce d'un hochement de tête, il dit : « Demain, même heure ? » Rendez-vous est pris. Puis il m'embrasse et disparaît en une poignée de secondes. Il me semble que la poussière retombe aussitôt sur les meubles.

Je traverse à pas lents le jardin du Luxembourg. Aux branches nues des arbres, pas le moindre oiseau. Aux rebords des bassins, pas le moindre enfant penché vers les eaux stagnantes. Aux abords de la fontaine Médicis, nul vieillard plongé dans la lecture. Au hasard des allées, à peine quelques silhouettes emmitouflées. Les frimas de l'automne ont chassé la vie, suspendu les heures. Je marche en solitaire. Je m'en vais rejoindre Raymond en son antre.

L'hôtel Foyot est un havre de paix, dit-on, qui abrite, selon les époques, les âmes en peine, les artistes en quête d'inspiration, les amoureux discrets, et des étrangers en villégiature. Raymond y a trouvé refuge en compagnie de Bronia. Je présume que, derrière les fenêtres que j'observe de la rue, il s'en passe de belles. J'imagine des cavalcades dans des couloirs, à perdre haleine, des portes qui claquent, des baisers fébriles contre des murs, des batailles d'oreillers, debout sur un lit, des étreintes joyeuses, des endormissements au petit matin, des sommeils trop peu réparateurs. J'imagine aussi le reste du temps Bronia installée à une barre, effectuant des étirements, ou assise devant un miroir, dessinant le contour de ses yeux, tandis que Raymond, courbé sur le papier, s'emploie à démontrer que sa réputation de petit prodige n'est pas usurpée.

Lorsque je me présente, il arbore une drôle de tenue, qui ressemble à un pyjama (ne manque qu'un bonnet de nuit), et s'amuse avec une canne, sur laquelle il s'appuie pour traverser la pièce, vieil adolescent facétieux. Il dit : « Viens ! » Et je le suis. Il ne prend pas le temps de me faire faire le tour du propriétaire, on sent que ces choses l'ennuient, la bienséance, les usages. Il me conduit jusqu'à la table où des feuilles sont éparpillées. Je me rends compte que le désordre n'est pas seulement l'apanage de son bureau : partout, des vêtements traînent, des livres sont retournés, les restes d'une nourriture indéterminée pourrissent dans une assiette, des bouteilles vides témoignent de beuveries sévères. Il dit : « Je bois beaucoup. Trop. Je bois beaucoup trop. » Je ne juge pas utile de relever sa remarque, tenant en horreur les leçons de morale déguisées sous le masque de conseils d'hygiène. Il dit : « Je mourrai jeune. La cirrhose me guette ! » Et il part d'un rire énorme. Il enchaîne : « T'ai-je raconté que j'ai déjà failli mourir cet été ? » Comme je lui adresse une moue dubitative, il explique : « Au Piquey, dans le bassin d'Arcachon. On se baignait : je me suis presque noyé. Ç'aurait été une mort épatante. Tellement plus originale que le suicide ou la vieillesse. » Je ne suis pas certain de trouver beaucoup de charme à la mort, quelque forme qu'elle prenne. Il ajoute : « C'est Grasset qui aurait été content : il aurait vendu encore plus de livres. Les lecteurs raffolent des auteurs prématurément disparus. » Je connais mal Raymond mais pressens qu'il est tout entier dans ce cynisme désinvolte.

Il s'installe au bureau et me commande de m'asseoir sur le lit : « Mets-toi à ton aise, nous en avons pour un petit moment. » Je retire ma veste, mes chaussures, et me mets dans la position de l'écoute, un oreiller calé contre mon dos. Il entame alors la lecture de son livre : « *Le Bal du comte d'Orgel*. Un très bon titre, n'est-ce pas ? » Je préférais *Le Diable au corps*.

Alors la voix de Raymond prend une gravité que je n'avais pas décelée jusque-là, lui-même adopte une posture inédite, comme s'il était non pas seulement concentré mais possédé. J'observe cette métamorphose, avant de me laisser emporter par le limon de la phrase.

Je ne sais pas combien de temps ça dure, la voix du jeune homme dans la chambre devenue un navire. Je sais juste que le moment est un éblouissement. Combien de moments, dans notre existence, pouvons-nous qualifier de la sorte ?

Lorsqu'il achève sa lecture, je suis encore dans la grâce : il me faut quelques instants pour retourner dans le monde matériel. Raymond m'interroge du regard, curieux de savoir ce que je pense de son travail et, moi, bien sûr, je n'ai rien préparé, je ne possède pas les mots, j'envie ceux qui disposent de formules parfaites, de compliments bien tournés, d'explications qui visent juste, je ne suis pas comme eux, je n'ai que ma maladresse et ma sauvagerie à offrir. Comme rien décidément ne vient, Raymond manifeste une certaine inquiétude. Je le vois subitement torturé, rongé par le doute, miné par la conviction de m'avoir déçu et d'avoir commis un mauvais livre peut-être. C'est un abattement violent, patent, un affaissement général, qui me déroute, me laisse encore plus démuni, impotent, lamentable. Alors je fais ceci, que je ne commande pas, qui s'impose à moi : je me lève calmement du lit, j'avance sans précipitation vers le bureau, je me penche vers Raymond, resté assis, et je dépose un baiser sur ses lèvres. Il y a un silence gigantesque, nos respirations presque coupées, nos cœurs battants, l'intimité écrasante, imprévue. Il y a ma façon de féliciter, de dire merci. Il y a mon désir de consoler. Oui, tout cela tient dans un seul baiser, le contact de deux bouches, cette douceur, cette folie. Lorsque je me redresse, Raymond n'a plus le même air : son affliction a disparu, pour laisser toute la place à un étonnement radieux, une lumière teintée d'ébahissement. Juste après, je me dirige vers une des fenêtres pour contempler la rue en contrebas, apercevoir les grilles du jardin du Luxembourg, et recouvrer une certaine contenance. Raymond est encore assis devant le désordre des feuilles, dans le souvenir de la lecture et du baiser. Je devine qu'il reprend ses esprits.

Il lance : « On me demande comment j'ai fait pour écrire deux livres à vingt ans. Mais c'est tout bête : je dors très peu. On est besogneux lorsqu'on est insomniaque. » J'aime cette diversion : j'aperçois dans le reflet de la fenêtre un sourire qui se dessine sur mon visage. Sans me retourner, je dis : « Il ne faut pas exclure non plus que tu sois doué. » Je ne suis pas en mesure d'observer ses traits en cet instant mais je suis convaincu qu'à son tour, il sourit. Ou peut-être rougit-il. Et, dans ce cas, il est préférable pour moi de ne pas le savoir car rien ne me désarme plus qu'un garçon qui rougit.

Il enchaîne, toujours à distance : « Et puis, sait-on si on aura le temps de tout faire ? Mieux vaut commencer tôt ! » Le temps de tout faire... Une phrase qui me fait frémir. Je songe à ceux qui ne l'ont pas eu, ce temps-là. Fauchés sans que rien ou presque ne soit accompli. Cueillis avant même la floraison. Alors oui, peut-être convient-il d'aller vite, d'entreprendre tôt, de vivre sans attendre. Peut-être devrais-je m'inspirer de ces principes, moi qui me suis, jusque-là, contenté de fuir, d'errer sans but précis, moi qui n'ai rien commencé, rien terminé, moi qui ne suis qu'un ballon de carnaval arrimé à la main d'un enfant distrait.

En contrebas, la rue de Tournon est étrangement calme. Sur la vitre, un résidu de pluie. Je me retourne vers Raymond avec pour unique intention de le contempler intensément. En retour, il soutient mon regard. C'est une nouvelle communion, différente de celle provoquée par le baiser, une manière de fraternité, teintée d'une évidente ambiguïté. Nous demeurons longtemps dans cette immobilité, ces épousailles.

C'est le moment que Bronia choisit pour faire son entrée, sans prévenir, en fanfare. Elle ouvre grand la porte, apparaît rayonnante, vive, revenant d'on ne sait où. Elle est à peine surprise par ma présence. Tout de même, remarque-t-elle nos yeux baissés à la même seconde, nos profils détournés, la dissipation de la grâce ?

Je dis, en m'efforçant de masquer un début d'affolement : « Tu tombes bien, je partais. » Je remets mes chaussures, ramasse mon manteau, me dirige vers Raymond qui se lève et lui serre la main. Je forme, devant lui, un merci silencieux. Puis, en filant, j'embrasse furtivement Bronia sur la joue.

Après ? Après : rien. Des jours sans lui. Des jours.

Renouer avec ça, la solitude non désirée, poisseuse, le silence trop lourd, l'absence blessante. Et me rendre compte, pour de bon, que l'irruption de Raymond dans mon existence n'est décidément pas chose anodine.

Renouer avec mes obligations de fils, mon oisiveté d'héritier, ma dégoûtante aisance de riche. Entamer des conversations avec ma mère à propos du temps qu'il fait, de la médiocrité des domestiques, des rumeurs du faubourg. Et comprendre, une fois de plus, que ça ne m'intéresse pas du tout, que c'est d'un ennui vertigineux.

Et attendre. Attendre qu'il se manifeste, qu'il fasse un signe, qu'il dise : « Voyons-nous. »

Et mettre à profit les heures interminables de l'attente à tenter de comprendre, à chercher les raisons de son mutisme, de son effacement.

Il est l'amant d'une jeune femme, bondissante, ambitieuse, sensuelle, qui a des exigences, des lubies, des envies soudaines, fait des histoires, des manières, virevolte et câline : et lui, il raffole de son corps, de ses hanches fines, de ses seins pommés, il raffole de sa vitalité, de son appétit et s'y soumet avec délice. Lui a-t-elle glissé, l'air de rien, que je prenais trop de place alors que je suis quasiment un inconnu ? Lui a-t-elle murmuré, entre les draps, à l'avènement du plaisir, que j'étais un bien curieux personnage, morbide et triste ? A-t-il promis d'espacer nos rencontres, pour se consacrer à elle ?

Il est le compagnon d'un poète considérable, brillant, érudit, charismatique, qui lui enseigne l'excellence, le tire vers le haut, l'aide à accoucher de ses livres, s'agace aussi parfois sans doute lorsque l'élève n'obéit pas au maître et n'en fait qu'à sa tête : et lui, il a besoin de cette emprise, mieux, il la recherche, car elle le fait progresser ; il a besoin également de l'entregent de son mentor, lequel lui ouvre des portes, lui donne accès au Paris qui pétille et qui compte. Le poète lui a-t-il demandé qui était ce Vincent dont il lui a touché deux mots ? A-t-il été intrigué, indisposé ? A-t-il lancé négligemment ou, au contraire, avec une sévérité sans réplique : « Ne perds pas ton temps avec un aristocrate fainéant » ? Et Raymond a-t-il obtempéré ?

Il est le nouvel écrivain en qui on a placé tellement d'espoirs, la plus récente coqueluche du monde littéraire. Est-il la marionnette d'un éditeur-maquignon, vendant du romancier comme d'autres du bétail ? Le nouveau jouet de la critique, qui s'en lassera aussi rapidement qu'elle s'en est toquée ? La poule aux œufs d'or de libraires, pas mécontents de renflouer leurs caisses ? Le chéri des lectrices qui se pâment devant son talent, sa jeunesse et sa beauté ? Et tous ceux-là font-ils peser sur ses frêles épaules un poids insupportable ? Provoquent-ils chez lui une tension nerveuse qui l'éloigne de ses amis, pour l'obliger à se concentrer sur ses seuls livres ?

Il est un fils que ses parents regardent avec admiration et inquiétude, soucieux de son bonheur et de sa réussite, méfiants à l'égard de la faune qui l'entoure désormais et des paradis artificiels où il pourrait facilement se perdre. L'ont-ils supplié de prendre ses précautions, de ne pas céder à des mirages, de ne pas oublier ses racines, ses repères, de rester un bon garçon ? Et lui, a-t-il été rattrapé par un sentiment de culpabilité ? A-t-il estimé qu'il devait acquitter une dette à son enfance ?

Il est un jouisseur, que rien n'arrête, qui se fiche de sa santé, entend profiter de ses vingt ans, multiplier les ivresses, les nuits blanches, qui recherche l'étourdissement, ne se sent bien qu'au cœur d'un tourbillon et sa conscience l'aurait tout à coup rappelé à l'ordre, lui aurait commandé de lever le pied. Il est un oiseau sur la branche qui picore, passe de l'un à l'autre, mimant l'attachement et ne s'attachant pas du tout, parce que ce serait trop d'application, trop d'investissement.

Alors moi, dans ce gigantesque maelström, serais-je de trop ?

Il est minuit passé quand il frappe à la porte de l'hôtel particulier de ma mère. Il serait, du reste, plus exact de signaler qu'il tambourine, tout en hurlant mon nom. La domestique affolée finit par lui ouvrir, probablement pour que cesse le tapage. Tiré du sommeil, je descends l'escalier à cet instant précis et je le vois : il est affolé, en proie à une crise dont j'ignore si elle est d'angoisse ou de tristesse. M'apercevant, et trompant la vigilance de la bonne qui tente de faire barrage de son corps, il pénètre dans le hall, gravit les premières marches de l'escalier et se précipite dans mes bras. Aussitôt, il éclate en sanglots, je caresse sa nuque pour tenter de le consoler. D'un mouvement de tête, je fais signe à la domestique qu'elle peut prendre congé et, en moi-même, je prie pour que les somnifères de ma mère aient été plus forts que le vacarme provoqué par notre invité imprévu. Je laisse Raymond pleurer sur mon épaule et, quand il finit par s'apaiser, je le conduis jusqu'à ma chambre. Il y entre sans même inspecter les lieux, accaparé par son chagrin et s'assoit sur le rebord du lit, où je vais le rejoindre. Nous sommes désormais côte à côte, les mains posées sur les cuisses, lui tête baissée, moi visage tourné dans sa direction, c'est peu dire que je n'avais pas envisagé de telles retrouvailles.

Il dit : « Nous avons enterré Emmanuel, il y a deux semaines. ». J'ignore de qui il me parle, je devine qu'il suffit d'être patient, il va raconter l'histoire maintenant, une histoire de deuil, celles que je connais le mieux. Il dit : « Si je ne t'ai pas donné de nouvelles, c'est parce que je suis resté prostré tout ce temps. » Ainsi, il a été la victime de ces abattements qui nous saisissent lors des disparitions, ces dépressions dans lesquelles on s'enfonce alors qu'on se croyait taillé pour les affronter, cette violence qui nous blesse et nous jette à terre. Il dit : « J'avais quinze ans, et lui pas tellement plus, quand on s'est connus. Je me souviens de sa maigreur, comme s'il avait grandi trop vite. Bernard, son frère aîné, prétendait qu'il se glissait dans la vie comme une anguille : l'image n'est pas fausse. » Et son regard devient aveugle, convoquant une mémoire heureuse. Il dit : « Emmanuel peignait, dessinait. Il s'était dégoté un petit atelier, rue Campagne-Première. Il aimait tellement Montparnasse, il expliquait que c'était un quartier qui avait ses bizarreries. » Je vois l'artiste en herbe, à sa fenêtre, avec son chevalet, sa palette, sa blouse, tandis qu'on beugle en bas dans les théâtres, c'est un cliché et pourtant, il m'émeut. « Il avait décidé de ne voir que le beau chez les gens. » Je songe au caractère que ce choix exige, un caractère dont je suis parfaitement dépourvu. Il dit : « C'est à lui que je dois d'avoir rencontré Francis Poulenc, tu sais, le pianiste. On se retrouvait quelquefois chez Max Jacob. Il y avait là des comédiens, une faune amusante. » Je pense à cette jeunesse insouciante et canaille, partant à la conquête de la capitale, à la conquête du monde, à cette bohème qui peut-être invente un avenir. « Ensemble, nous nous sommes livrés à quelques folies nocturnes. » J'imagine les beuveries et les coucheries, les corps mélangés. Il corrige : « Nous avons été sérieux aussi : nous avons même essayé de créer une revue. Je me rappelle nos disputes, on s'enflammait pour un rien. » Puis, baissant la voix, Raymond ajoute : « Emmanuel aimait les garçons. Il s'est donné la mort. » Et cette dernière confidence me glace les sangs, à la fois parce que le suicide provoque forcément l'effroi, mais également parce que je me demande si Raymond établit un lien entre le goût des hommes et la mort volontaire. Je n'obtiendrai pas de réponse à cette question, devinant qu'il n'en dira pas davantage. Il sombre de nouveau dans une langueur et je comprends qu'il me faut respecter son mutisme. Lentement, il se renverse en arrière sur les draps, ouvrant ses bras en croix. Je me retourne et le contemple. Je dis : « Tu veux rester dormir ici ? » Il dit : « Oui. »

Au matin, quand je me réveille, le premier, il est attaché à moi, en chien de fusil, ses bras refermés sur mon torse, comme s'il était un naufragé accroché à un bout de bois, ou un tout petit enfant que la nuit aurait effrayé et qui se serait arrimé à un traversin. Je sens son souffle sur ma nuque, ses hanches contre mes fesses, la chaleur de sa peau, ses jambes sont entremêlées aux miennes. Par la fenêtre, le jour est apparu, un soleil automnal jette une flaque sur les draps, je n'ose pas bouger, malgré mon ankylose. Et puis, comme il me semble que le sommeil de Raymond est très lourd, je décide de me dégager le plus délicatement possible de son étreinte, je soulève son bras pour le déposer le long de son buste, dénoue nos jambes, m'écarte avec une infinie précaution et réussis à m'extraire du lit. Une fois debout, je me tourne et contemple le jeune homme de vingt ans, dans son parfait abandon, dans son innocente offrande : sa respiration est régulière, ses paupières tremblent à peine, par instants ; il n'a pas de poils sur son poitrail. Je demeure ainsi plusieurs minutes, le scrutant comme si je m'efforçais de déchiffrer un mystère. Je m'assois dans un des fauteuils profonds, à quelques mètres du lit, pour poursuivre ma contemplation. Je suis là, nu, spectateur, et je me demande depuis combien de temps je n'ai pas pris le temps de regarder un garçon : d'ordinaire, je file sans demander mon reste, je ne me remémore presque rien, ne souhaitant précisément accumuler aucun souvenir. Finalement, je me relève, j'enfile une robe de chambre et descends à la cuisine où quelqu'un pourra me préparer un petit déjeuner. C'est Solange, laquelle, affolée, a ouvert la porte au dément, au démon, cette nuit, qui officie aux fourneaux. Je dis : « Le jeune homme est encore là. Vous voudrez bien monter de quoi nous restaurer dans ma chambre. » Solange ne ponctue ma requête d'aucun commentaire, bien sûr, mais l'agitation de ses paupières est immanquable. En sortant de la cuisine, je croise, malencontreusement, ma mère. Elle dit : « Déjà levé ? Tu es tombé du lit ! Il est si rare de te voir apparaître avant midi. » J'envisage de lui dire : « Il y a un garçon dans mon lit. C'est pour cela que je me suis réveillé si tôt. » Mais je ne veux pas qu'elle aille s'imaginer des situations qu'elle jugerait scabreuses. D'autant que son imagination la tromperait. Car il ne s'est rien passé entre Raymond et moi. Rien de sexuel, en tout cas. Nulle caresse, pas même un baiser. D'où me vient alors qu'il me reste la sensation d'une intimité foudroyante ? En réalité, cette nuit, j'ai découvert qu'on pouvait communier avec un garçon sans coucher avec lui, inventer avec lui une proximité que même l'accouplement ne saurait permettre d'atteindre. À ma mère, je réponds : « Quand je me lève tard, vous me houspillez. Quand je me lève tôt, vous ironisez. Au fond, je suis condamné à vous décevoir. » Et je passe mon chemin sans lui laisser l'opportunité de répliquer. Je gravis l'escalier pour rejoindre ma chambre où m'attend un dormeur magnifique.

En poussant la porte, je réveille Raymond, du moins je le sors de l'inconscience. Sans doute a-t-il perçu un mouvement, ou un bruit : le voilà qui ouvre les yeux, change de position, étire ses bras. Et quand, pour finir, il m'aperçoit, il me sourit : il pourrait se montrer surpris de se trouver là, entre ces draps, avoir sinon oublié au moins momentanément occulté son irruption de la veille et manifester un étonnement mais non : sa première réaction est empreinte de bienveillance. Il dit : « J'ai bien dormi. Je n'avais pas dormi aussi bien depuis des semaines. » J'ignore s'il entend témoigner une gratitude ou se contente de savourer une tranquillité qui lui échappait et qu'il aurait miraculeusement reconquise. Revenant peu à peu à lui, il dit : « Pardon pour hier soir. J'ai dû te paraître dérangé. Mon arrivée était très mélodramatique, non ? » Il s'efforce de corriger par l'humour l'impression de chagrin qu'il sait nécessairement avoir laissée. Avant d'assumer, en fin de compte, l'image que son intrusion spectaculaire a donnée de lui : « J'étais si démuni, si abattu. Et, autour de moi, soit les gens ne le voyaient pas, soit ça les effrayait. Je savais que toi, tu saurais prendre la détresse avec toi. » Pourquoi croit-il une chose pareille ? En quoi serais-je armé pour soulager les peines d'autrui ? Il dit : « Merci. D'avoir été là. D'être là. » Et il glisse hors du lit, marche dans ma direction, avec dans le regard un mélange de reconnaissance et de tendresse. À son tour, il pose un baiser sur ma bouche.

Il dit : « As-tu déjà aimé d'autres garçons, avant moi ? » Je dis : « Un seul. »

Plus tard, nous sommes attablés, toujours dans ma chambre, face à face, occupés à avaler un café, des croissants, comme si de rien n'était. Raymond déjeune de bon cœur. Il a recouvré de l'appétit, de l'entrain. Soudain, une expression dans sa figure marque la préoccupation, comme si les contingences matérielles se rappelaient à lui, comme si le monde extérieur reprenait ses droits. Il murmure : « T'ai-je dit que je dois partir au service militaire dans six semaines ? »

Les jours, à nouveau. Les jours sans lui, où la pensée n'est occupée que par lui. Pas tristes, néanmoins. Non, pas tristes. Car pleins du joli souvenir, de son parfum dans les draps, et portés par la certitude de le revoir bientôt. Je présume qu'il est accaparé par les demandes de son éditeur, le désir de Bronia, la jalousie de Cocteau, son statut de fils, et que, le reste du temps, il se livre à ses frasques habituelles, jetant l'argent par les fenêtres, buvant plus que de raison, abusant de l'opium, traversant la ville la nuit au pas de charge à la suite de fantômes. Et cela ne m'inquiète nullement car, désormais, je sais qu'il est fait ainsi, et que c'est ainsi qu'il me plaît.

Tout de même, je confesse que la perspective de sa conscription prochaine m'a plongé dans l'effroi. Je ne voulais pas le voir partir, qui plus est vers des casernes, revêtu d'un uniforme. Il me semble que je n'aurais pas supporté cette image. Toutefois, les dernières nouvelles sont rassurantes : par un télégramme, il me fait savoir que son affaire s'arrange, on est intervenu en haut lieu pour lui obtenir un délai de grâce, qui pourrait bientôt se transformer en une dispense définitive, on a fait valoir son prestige d'écrivain, et il se trouve toujours dans les ministères des fonctionnaires sensibles à la gloire ou à la promesse d'une récompense.

Je profite de ces journées vides de sa présence pour lire *Le Diable au corps*, ce qui est une manière de l'atteindre, de le tenir contre moi, et aussi de mieux le connaître, si tant est qu'un homme se révèle dans une fiction. Il me semble, ici ou là, oui, retrouver des traits de son caractère, entendre des inflexions de sa voix, ou deviner la véracité d'un épisode et m'en amuser secrètement mais c'est presque malgré moi car je ne le cherche pas entre les lignes, je ne suis pas de ceux qui suivent à la trace, et je me méfie des hypothèses faciles, des déductions hâtives. J'ai simplement l'envie de toucher du doigt le don qui est le sien pour raconter une histoire, agencer des phrases, et celle de me laisser conduire, emporter.

Parfois, évidemment, le récit de la guerre me cause des élancements, des névralgies brèves et vives, l'évocation des combats m'est une brutalité mais je m'efforce alors de ne pas m'attarder, me concentrant sur la passion entre

Marthe et le jeune homme, cette incandescence, la nécessité scandaleuse qui les précipite l'un contre l'autre.

En tout cas, c'est saisissant comme Raymond, ainsi que je l'ai pressenti dès le premier jour, réussit une improbable synthèse entre Arthur et Marcel, entre la jeunesse et l'écriture. Au lieu d'en être effrayé, j'en tire une certaine douceur.

Et les jours passent.

Les nuits sont plus longues, blanchies par le désir.

Avec lui, je découvre ce qu'il m'est arrivé de pressentir quelquefois avec d'autres : certains garçons qui n'aiment que les femmes se laissent approcher par les invertis, leurs frères inversés, et toucher par eux. Ce sont ceux-là qui nous plaisent le plus. Ceux-là qui nous font souffrir aussi.

Je n'imaginais pas le revoir en de pareilles circonstances.

Il m'a fait chercher tout à l'heure. Le cocher a exigé de la bonne qui lui ouvrait la porte de me parler « en personne ». Il a dit : « J'ai un message pour M. de L'Étoile et je dois le lui remettre en mains propres. » Solange a regimbé puis consenti à venir me déranger. Lorsque j'ai aperçu le cocher, frigorifié dans l'embrasure, j'ai eu un mauvais pressentiment. L'homme a simplement énoncé : « Monsieur vous prie de me suivre. Il a écrit ce billet où il vous explique tout, m'a-t-il dit. » Je me suis saisi du billet avec inquiétude, sans l'ouvrir, comme pour reculer le moment de l'annonce d'une nouvelle forcément mauvaise. J'ai décroché mon manteau de la patère de l'entrée, l'ai enfilé et me suis engouffré dans la voiture. Calé sur la banquette, j'ai commencé à lire :

« Mon Vincent,

Malédiction est probablement le terme le plus approprié pour qualifier cet enchaînement des disparitions : nous enterrons ce matin Philippe Daudet, le fils de Léon.

Philippe avait quinze ans. Il y a quelques jours, il avait fugué, sans explication, et son père ne l'a pas fait rechercher tout de suite. On l'a retrouvé mort. Dans un taxi, il s'est tiré un coup de revolver dans la tête.

Le suicide d'un enfant de quinze ans est l'événement le plus insupportable qui soit. *Pendant la guerre, sur les collines de France, tant d'enfants se laissaient rouler jusqu'en bas.* Mais aujourd'hui que la paix est revenue, pour quelle raison certains persistent-ils à avancer vers un sort aussi funeste ? Sont-ils sans espoir ? N'ont-ils aucun horizon ? *Aujourd'hui nous aspirons à la terre ferme.* Sans doute quelques-uns parmi nous ne l'ont-ils pas trouvée. Et les grandes personnes ont été incapables de nous la donner.

Je ne suis pas de taille à affronter l'épreuve de ses obsèques sans toi. Viens, s'il te plaît. Accours.

Ton ami.

Raymond »

Lorsque je me présente à l'église, la cérémonie a déjà commencé. Tout Paris est là. Une armée de silhouettes noires, raides de dignité ou courbées de chagrin, et au bout de la nef, posé devant l'autel, un catafalque blanc. Accrochées aux murs, des tentures blanches, en hommage à la pureté de celui qu'on salue. Un spectacle des plus impressionnants. Presque insoutenable.

Je cherche Raymond du regard et finis par l'apercevoir : il a un visage effrayant, si blême, un masque de cire où perle de la fièvre, il ressemble lui-même à un mourant. Et ces spasmes qui le secouent par intermittence sont-ils dus au froid de gueux qui sévit dans l'église où le vent de novembre s'engouffre ou bien à la désolation qui décidément prend possession de lui ?

Je ne fais pas un mouvement, attendant que l'office s'achève. Quand le cercueil quitte finalement la stèle pour remonter l'allée centrale, portée par quatre hommes, et que la foule entame la procession, je me mets de côté. Au moment où Raymond parvient à ma hauteur, arrimé au bras de Bronia, et suivi par Cocteau, il relève ma présence et m'adresse un sourire misérable, où je lis une défaite angoissante.

Quelques instants plus tard, tandis que, sur le parvis, l'assemblée se disperse, il me repère et s'approche de moi : il n'a pas de mots, il n'a plus de larmes. Je prends ses mains dans les miennes.

Je songe : c'est un enfant encore, résistera-t-il ?

Je songe aussi : je l'aime, cet enfant, qui possède la désinvolture et la souffrance à parts égales. Je l'aime et il m'échappe, il s'échappe.

Il est là, de nouveau, dans ma chambre, cependant il est comme absent, insensible, lointain. Il se tient debout devant la fenêtre et je devine que son regard est aveugle. Il vient s'asseoir sur le sofa et ses quelques pas exhalent une fatigue démesurée. Il se saisit d'un journal et ne prend même pas la peine de l'ouvrir. Il finit par se lever, se dirige vers mon lit où il se roule en boule comme un petit animal. Il dit qu'il a mal au ventre.

Je sais que la tristesse l'étreint mais c'est autre chose, de plus profond, de plus sérieux, me semble-t-il, ce n'est pas un plongeon dans des abîmes, c'est plutôt un effacement, il s'estompe.

Je voudrais accomplir un geste dans sa direction ; toutefois je redoute que ma tendresse soit considérée comme de la compassion, et mon élan comme la sympathie agaçante qu'on témoigne à un malade. Je reste donc immobile, attablé à mon bureau, faisant mine de griffonner des notes dans mon carnet.

À la fin, il me prie, d'une voix trop faible, de le rejoindre sur le lit ; je m'exécute. Nous sommes ainsi étendus l'un à côté de l'autre, la tête calée dans des oreillers, tels des gisants ; on jurerait que nous attendons que la mort vienne nous cueillir. Il me dit qu'il a de la fièvre, que des frissons parcourent son échine. Je lui propose des cataplasmes qu'il refuse. Il prétend qu'aucun cataplasme ne peut soigner son mal. Il veut probablement dire qu'on n'a pas encore inventé de remède au désespoir.

Du dehors nous parviennent les accords lancinants d'un accordéon. Et cela ne fait qu'ajouter à la langueur de cette après-midi. Je me remémore les heures bruyantes du Bal Bullier, celles dansantes du Bœuf sur le toit, celles ferventes où il me lisait son roman. Où est passée la joie ? Qu'en avons-nous fait ? Et quand la retrouverons-nous ?

Il me demande de toucher son ventre ; j'hésite. Comme si c'était trop d'intimité, tout à coup. Il perçoit mon hésitation et en plaisante : « Tu as peur d'embrasser le lépreux ? » Je souris. Il soulève alors un pan de sa chemise et je vois la peau laiteuse, où subsistent néanmoins les traces du soleil automnal du Cap-Ferret. Je vois aussi la naissance du pubis. Et j'en suis troublé puisque c'est la partie du corps des hommes qui me plaît le plus. Je me tourne sur le côté, vers lui, et pose ma main sur l'épiderme qui tressaille à ce contact. Je sens des spasmes, comme si les boyaux se tordaient. Il dit : « Ça s'agite là-dedans, pas vrai ? » mais son enjouement sonne faux, il dissimule mal une anxiété. Je laisse ma main posée sur son ventre, espérant qu'une chaleur se diffuse et apaise les convulsions. La douleur ne faiblit pas.

Depuis plusieurs jours, la fièvre ne le quitte pas. Les nouvelles, parcellaires, qui me parviennent, à retardement, sont alarmantes. On me dit qu'on a appelé plusieurs médecins à son chevet afin de tenter d'établir un diagnostic mais, pour l'heure, je n'en sais pas davantage. Rue de Tournon, il n'y a personne et Bronia, qui m'a d'abord informé, est désormais injoignable. Je m'efforce de me raisonner : il s'agit vraisemblablement d'une vilaine grippe contractée dans les courants d'air de l'église, d'une maladie de saison.

***

Chez Grasset, on prétend qu'il a été transporté dans une clinique (j'ignore laquelle), on parle d'une fièvre typhoïde, je n'ose pas y croire, refusant de céder à la panique. Je me remémore le mot employé par Raymond dans sa lettre : malédiction, celle qui frapperait les gens dans le plus bel âge. Ce sont des sornettes, voilà tout. La mort ne saurait avoir cette perversité, cette intelligence.

***

Paris bruisse de rumeurs, le père de Raymond se trouverait auprès de son fils, lequel serait en proie à des hallucinations. Je maudis mon impuissance. Et je me rends compte que je ne suis rien : nul ne me connaît, je n'appartiens à aucun cercle d'intimes, je suis donc condamné à attendre. Seule Bronia pourrait m'adresser un signe mais elle demeure désespérément muette.

***

Me voici désormais au pied de la clinique du docteur Baup, rue Piccini : c'est ici que Raymond est hospitalisé. L'adresse figure sur un pneu que Bronia m'a fait parvenir. Puisque j'ai fait le voyage jusqu'en cet endroit lugubre, je devrais entrer mais je n'y réussis pas. À quel titre me présenterais-je ? Et puis, Raymond a certainement besoin de repos et de calme. Alors je reste là, à la porte, foudroyé, lamentable.

***

Cocteau sort de la clinique, descend les marches, tel un pantin désarticulé, habillé légèrement malgré le froid polaire de décembre. Est-il à ce point perturbé qu'il a oublié d'enfiler un manteau ? Pour sûr, il semble hagard. Quand il passe devant moi, il ne me reconnaît pas et je n'ose l'aborder, retenu par la conscience qu'une telle interpellation serait déplacée et intimidé par sa mine défaite : on jurerait qu'il vient de voir un cadavre. Je forme des prières, moi qui ne crois en aucun dieu.

***

Je vois passer un abbé. Il marche d'un pas vif. Derrière les murs de cet établissement, dorénavant j'en suis persuadé, se joue une histoire plus grande que moi, plus grande que nous tous : un jeune homme de vingt ans lutte contre la mort et s'il perd ce combat, c'est un monde qui s'écroule.

12 décembre 1923 : le monde s'est écroulé.

Et moi, je suis encore debout.

« En la chapelle Notre-Dame de la cité paroissiale de Saint-Honoré-d'Eylau, au 66, avenue de Malakoff, ce jour, ont lieu les service, convoi et enterrement de M. Raymond Radiguet, homme de lettres, décédé à Paris, muni des sacrements de l'Église, à l'âge de vingt ans. »

Ils sont probablement tous là, ses parents, ses frères et sœurs, ses amis, ses maîtresses et amants, son éditeur, et tant d'autres, connus ou anonymes, cernés de fleurs blanches, dans le parfum de l'eau bénite, le rouge aux yeux et le mal au cœur. Oui, ils sont probablement tous là, mais pas moi, malgré ma stupeur et mon chagrin.

La vérité, c'est que j'en ai assez des enterrements ; je réclame des renaissances.

Tout à l'heure, ils braveront la pluie, fendront le brouillard et, suivant le corbillard, rejoindront le Père-Lachaise où on a creusé une tombe. Ils auront en tête l'ange foudroyé, le

12 décembre 1923 : le monde s'est écroulé.

Et moi, je suis encore debout.

« En la chapelle Notre-Dame de la cité paroissiale de Saint-Honoré-d'Eylau, au 66, avenue de Malakoff, ce jour, ont lieu les service, convoi et enterrement de M. Raymond Radiguet, homme de lettres, décédé à Paris, muni des sacrements de l'Église, à l'âge de vingt ans. »

Ils sont probablement tous là, ses parents, ses frères et sœurs, ses amis, ses maîtresses et amants, son éditeur, et tant d'autres, connus ou anonymes, cernés de fleurs blanches, dans le parfum de l'eau bénite, le rouge aux yeux et le mal au cœur. Oui, ils sont probablement tous là, mais pas moi, malgré ma stupeur et mon chagrin.

La vérité, c'est que j'en ai assez des enterrements ; je réclame des renaissances.

Tout à l'heure, ils braveront la pluie, fendront le brouillard et, suivant le corbillard, rejoindront le Père-Lachaise où on a creusé une tombe. Ils auront en tête l'ange foudroyé, le génial chenapan parti trop tôt, et leurs larmes seront sincères.

Moi, je me trouve dans un autre cimetière, devant une autre tombe, et je ne pleure pas. J'ai le buste bien droit, bien dur, je ne m'écroule pas, je tiens bon sur mes jambes, je ne baisse pas les yeux, je regarde devant moi un autre jeune homme de vingt ans, qui sourit dans un médaillon ébréché. Je te regarde, Arthur.

J'en suis capable enfin.

Les morts me rendent à la vie.

Bibliographie

1920/1930 Une paix si fragile, Michel Pierre, Découvertes Gallimard.

Récits d'Ellis Island, Georges Perec avec Robert Bober, P.O.L.

Raymond Radiguet, Monique Nemer, Fayard.

Ce volume a été composé et mis en pages
par ÉTIANNE COMPOSITION
à Montrouge.

Cet ouvrage a été imprimé
en déembre 2010 par

CPI
FIRMIN-DIDOT

27650 Mesnil-sur-l'Estrée
N° d'édition : 50974/01
N° d'impression : 102729
Dépôt légal : janvier 2011

Imprimé en France